講談社文庫

封印された系譜(下)

ロバート・ゴダード｜北田絵里子 訳

講談社

目次

封印された系譜(下)　5
訳者あとがき　北田絵里子　279

封印された系譜（下）

●主な登場人物〈封印された系譜〉

リチャード・ユーズデン 外務省職員。
マーティー・ヒューイットソン ユーズデンの旧友。
ジェマ・コンウェイ ユーズデンとマーティーの元妻。
クレメント（クレム）・ヒューイットソン マーティーの祖父（故人）。
バーニー・シャドボルト マーティーの友人。
ヴィッキー・シャドボルト バーニーの娘。
ヴェルナー・シュトラウブ マーティーの知人。
トルマー・アクスデン 巨大複合企業ミョルニルの会長兼CEO。
ラース・アクスデン トルマーの弟。画家。
エルサ・ストウリング トルマーの妹。
ミケル・アクスデン トルマーの息子。
ペニール・マッセン トルマーの元妻。
カーステン・ブーガー オーフス大学の学生。
ヘニング・ノーヴィ ブーガーの友人。フリーランス記者。
レジャイナ・セレスト ヴェルナーのスポンサー。アナスタシアの信奉者。
アナス・ケルセン コペンハーゲンの弁護士。
ビアギッテ・グリュン ミョルニルの財務担当役員。
エリック・ロン ミョルニルの警備担当役員。
ユハ・マタライネン ミョルニルの顧問弁護士。
オスモ・コスキネン ミョルニルの元社員。
ブラッド ウクライナ系組織のメンバー。アメリカ人。
ブルーノ・スタマティ ブラッドの仲間。指紋鑑定人。
ペッカ・タルグレン スオメンリンナ島の博物館員。
アルト・ファレニウス フィンランドのサウッコ銀行の頭取。
ホーカン・ニューダル デンマークの海軍士官。後年は廷臣に。
ダウマー（マリア皇太后） ニコライ二世の母。
ピーダ・アクスデン トルマーの父。
パーヴォ・ファレニウス アルトの祖父。サウッコ銀行の創業者。
カール・ウォンティング パーヴォと関係のあるデンマーク人。
アンナ・アンダーソン アナスタシアを自称した女性。

コペンハーゲン（承前）

26

ユーズデンはハンモックの上でゆらゆらと揺れていた。頭が痛む。もしまぶたを開けば、まばゆい太陽に目がくらみそうだ。自分はどこにいるのか。目を覚ませばそこにあるはずの空間よりも、ここのほうがはるかに心地よいことだけはたしかだ。何かに押され、ハンモックが大きく揺らぎだす。頭が疼く。灼熱の太陽はもう冷えきっている。最近の記憶が、いくぶんはっきりした時と場所の認識をともなって、ふたたび形をなしはじめる。やがて完全なる記憶が、しびれた手足にめぐりだした血潮のごとく押し寄せる。ユーズデンは目を開いた。

つなぎの作業服にニューヨーク・ヤンキースのロゴ入り野球帽という恰好の、悲しげな顔をした細身のアジア系の男が、汚れたスニーカーの爪先でユーズデンをつつくのをやめ、じっと顔を見おろした。男は奇妙に訛ったデンマーク語で何か言った。ユーズデンはうめき声しか返せなかった。

片方の肘をついて身を起こし、しょぼつく目であたりを見まわす。ふたりはケルセンの事務所の外の廊下にいた。〝A・ケルセン、弁護士《アドウヴオケート》〟と記された右手のドアは、固く閉ざされている。頭上の薄暗い照明が、剝き出しの壁や床や、作業服の男――おそらく、オフィス区画の管理人だろう――の緊張した表情を照らし出していた。男はさっきと同じ、まるで理解できないことばを繰り返した。

「英語は話せるか?」ユーズデンは尋ねた。自分が発したとは思えない不明瞭な声だ。ウイスキーのにおいが漂っているが、においの元は自分のようだった。視線を移すと、かたわらにジョニー・ウォーカーの空のボトルが転がっていた。どうやらケルセンは、ユーズデンを泥酔した侵入者に見せかけるために、ファイル・キャビネットにあったウイスキーを一本犠牲にしたらしい。このなりでは、どう見ても立派な酔っぱらいだ。頭痛の中心とおぼしき部分に手をやる。左の眉のあたりがぬるりとして、ふれると痛んだ。引っこめた手を見て、そのぬめりは血だとわかった。混濁した意識の表層に、この廊下まで引きずられてきた記憶がおぼろげに浮かんでくる。腕時計の文字盤にどうにか焦点を合わせ、時間をたしかめると、ノーヴィに攻撃されてから、意外にも二十分ほどしかたっていなかった。「英語は話せるか?」もう一度尋ねる。

「ええ」管理人は眉を寄せてユーズデンを見おろしている。「ここにいられたら困ります」

「それはもっともだね」ユーズデンが難儀してゆっくり立ちあがると、管理人は気遣わしげに一歩退《しりぞ》いた。

「いますぐ出ていってくれないと、警察を呼ばなくちゃなりません」

前かがみになると吐き気に襲われ、ふたたび身を起こすとおさまった。しかし頭はひどく疼いていた。沸々と怒りが湧いてくる。ノーヴィを信用した自分は、ケルセンを信用したマーティーに劣らぬばか者だ。あのふたりは同じ穴のむじなだった。そしてまんまと足をすくわれた。いまごろは取引場所で、莫大な実入りを待ちながら、その使い途に思いを馳せているのだろう。追いつくことさえできれば、態勢を立てなおす余地はあるかもしれない。が、方法が思いつかない。それに、取引場所がどこなのかもわからなかった。どうすることもできない。せめて——

「出ていってください。面倒はごめんです」

「ぼくだってそうだ。だが、もう面倒なことになってる。まちがいなく」

「力にはなれません」

「いや、それがなれるんだ。ぼくはここにはいらなくちゃならない」ユーズデンはケルセンの事務所のドアを指さした。「きみは合い鍵を持ってるはずだ」

「あなたを入れるわけにはいきません」

「悪いが……」ユーズデンは腰をかがめて空のウイスキー・ボトルの首をつかみ、壁に叩きつけた。管理人が驚いて跳びあがる。ガラスの破片が床に散らばる。「力ずくでも入れてもらう」そう言って管理人と階段のあいだに立ちはだかった。血のついた、酒くさい体で。逆らうと危険な男に見えるだろう。「ドアをあけろ」

「そんなことできません。職を失ってしまいます」

「命を失うよりましだ」ユーズデンは割れたボトルを武器のように構えた。自分がそんな行動に出ていることが信じられなかった。だが、ここで礼儀正しく理性に訴えても、何ひとつなしえないだろう。管理人は怯えていた。その怯えが唯一の頼みの綱だった。「ドアをあけろ」

「お願いです、こんな――」

「い、い、あけるんだ」

「わかった、わかりました」管理人は服従のしぐさをしてポケットを探った。重そうな鍵束が出てきた。彼は汗を垂らし、浅い息をしながら、震える手で鍵を選り分けていく。ユーズデンはそんな苦渋を強いている自分がいやになった。それでもあとへは引けない。

「早くしろ」

「わ、わかってます。ありました」管理人はドアのほうへ移動し、解錠してドアを押しあけた。

「照明をつけてなかにはいれ」

管理人は従った。ユーズデンがそのあとにつづき、なかからドアを閉めた。容赦ない蛍光灯の明かりのせいで、事務所は先刻とちがって見えた。だが最大のちがいは、机の上のアタッシェケースがなくなっていることだった。

「きみの名前は？」

「ウィジャヤパーラ。みんな……ウィジと呼びます」

「いいかい、ウィジ、いまからぼくが言うことをしてくれたら、きみは無事ですむ。わかるな？」

「お願いです、乱暴はしないでください」

「しない。言ったとおりのことをしてくれるなら」

「はい、もちろん、します」

「机の向こうへ行って椅子にすわるんだ」ユーズデンが背中を軽く押すと、ウィジは歩きだした。

ふたりは机にたどりついた。ウィジがゆっくりと向こうへまわって腰をおろす。

「電灯をつけろ」

ウィジは手を伸ばしてスイッチを入れた。柔らかい光が机の上にひろがる。

ケルセンが使ったメモ用紙がそのままの位置にあった。そして、メモした紙も破られずに残っていた。迂闊なやつだ——こちらにとってはありがたいが。ユーズデンはケルセンの代わりにその紙を破りとった。書かれているのは、マーモヴィーという単語だ。「ああ、見つけられると思う」とケルセンは言っていた。つまり、その場所に心覚えがなかったということだ。それを裏づけるように、先刻は目につかなかったコペンハーゲンの地図帳が机に載っている。ユーズデンはウィジの目の前にその紙を置いた。「地図帳でこの通りを探せ」心ならずも語調を強めて命じる。

全身緊張状態にはいっているウィジは、索引を調べて目的のページを見つけるという作業に手間どっていた。しかしユーズデンがみずからそれをしようとすれば、相手が不安げにちらちら見やっているボトルを置かざるをえない。辛抱強く作業を見守るほかなかった。気が遠くなりそうな数分間の模索ののち、ついにマーモヴィーの場所が判明した。ウィジが震える指で指し示したのは、カステレット要塞のさらに北へ行った、波止場近辺の通りだった。

ユーズデンは地図帳をつかみとり、ポケットに押しこんだ。マーモヴィーまではせいぜい数キロというところだが、歩いていく時間の余裕はない。「ここへはどうやってかよってる？」

「どうやって？」

「何で移動してる？」

「ああ、あの……スクーターで」

「どこに停めてある？」

「下の搬入場に」

「スクーターの鍵をよこせ」

「ああ、そんな、だめです。あれがないとすごく困ります」

「あとで取りもどせる。きみが見つけられるように、そこに置いてくる」ユーズデンはマーモヴィーと書かれたメモを指さして言った。「だから、鍵を渡すんだ。それから携帯電話も」

ウィジは作業服のボタンをいくつかはずし、内ポケットから携帯電話とスクーターの鍵を取り出した。机の上に並べると、ユーズデンがそれを回収した。

「ここのドアの鍵も要るんだ、ウィジ。きみを閉じこめなくちゃならない。申し訳ないが、そういうことだ。朝になったら窓から助けを呼べばいい。ああ、それとケルセンの電話も使えないようにしないとな」そう言って電話の受話器を指さす。「それを持っていかせてもらう。携帯電話といっしょに一階に置いておく」

「どうしてこんなことを？　あなたはそんな……いかれた人には見えないのに」

「説明している時間はない」

「新しいスクーターを買うお金はありません」

「心配するな。気をつけて乗るから。信じてもらえないかもしれないが、ほんとうにすまないと思ってる」ユーズデンはため息をついた。「こんな週末の幕開けになるはずじゃなかったんだ」

27

ユーズデンが最後に二輪車を運転したのは何年も前のことで、それもモーター付きのものですらなかった。幸いにもコペンハーゲンの通りは空いていたがウィジャヤパーラのスクーターでぐらつきながらそこを走り抜けるのは、ふつうなら悪夢のような試練となっていただろう。現実には、その危険も困難も、心のなかで対峙しているほかの懸念とくらべれば、些末な問題にしか感じられなかった。マーティーは姿をくらまし、クレムのアタッシェケースは盗まれた。それはすでに、だれとも知れぬ悪辣な買い手に引き渡されているかもしれない。ユーズデンが売却を阻止できる可能性は、ほんとうにごくわずかだ。まともに考えれば、阻止しようとすること自体、無意味だろう。それを試みたがゆえに、犯罪者まがいの卑劣な行為を犯してしまった。そして、ヘルメットもなしにバイクに乗ることで、またもや法律違反を犯している——赤信号をことごとく無視していることについては言うまでもない。

しかし、ただあきらめることはできなかった。この段階で負けを認めるよりも、たとえ徒労に終わろうと、万策尽きるまであがきつづけるほうがまだましだ。頭を殴られたせいで思考回路は乱れているし、愚かな真似をしている自覚もあるが、ケルセンとノーヴィに反撃するという不屈の意志には抗えなかった。ひとりは自分をだました。もうひとりは自分を裏切った。そのまま逃がすことは――不正に手にした二千万クローネを山分けさせることは――断じてできない。

波止場は、幹線道路と鉄道線路によって市街地から隔てられていた。そこへ至るには、近郊列車エストーのノアハウン駅を過ぎてから少し逆もどりする必要があった。そうしてユーズデンは港の係船ドックのひとつに出た。目的地のマーモヴィーは、目の前にある広大な倉庫街の先だ。耳につくエンジン音で到着を気づかれてはいけないと思い、スクーターをそこで乗り捨て、倉庫と幹線道路のあいだのせまい道を走っていった。

行く手にまたひとつ係船ドックがあり、向かいの突堤に巨大なカーフェリーが停泊していた。その左手の埠頭がマーモヴィーで、ユーズデンがそこへ折れるなり、うなりをあげる船のエンジン音が聞こえた。一隻のモーターボートが埠頭を離れ、湾内へ出ていった。そして倉庫の陰に停められた車に向かって、ふたりの男が歩いてきた。広い間隔で設置された保安灯が、溶けた雪でぬかるんだ埠頭に濃淡の陰を作り、幽霊船のごとく動きだしたボートを照らしていた。一瞬、ユーズデンは何を見ているのかよくわからなかった。感覚は鈍く、反応は遅かった。そしてようやく、目の前の光景をはっきりと認識した。

ふたりの男はノーヴィとケルセンだった。停めてある車はケルセンのボルボだ。弁護士は、クレムのものとは大きさも形も少し異なるアタッシェケースを携えている。むろん、クレムのケースは取引相手に渡し、それと引き換えに金のはいったケースを受けとったのだ。買い手はモーターボートで去っていった。ユーズデンは遅きに失した。ずっとそんな人生だった気がする。心が沈んだ。呆然と車のほうへ歩いていく。何をするつもりなのか自分でもわからなかったが、ふたりを勝利に酔わせてはおくまいと思った。

バタン、バタン。ボルボのドアが閉まり、ケルセンが運転席に、ノーヴィが助手席に落ち着いた。咳きこむような音を立ててエンジンがかかる。ヘッドライトが点灯する。車は海のほうを向いているので、ふたりにユーズデンの姿は見えていない。ケルセンが前進と後進を繰り返して方向転換をはじめるや、ユーズデンは走りだした。けれども、ほぼ同時に、ほかの動きと騒音に気づいて足を止めた。その動きは車よりもすばやく、騒音はくぐもった車のエンジン音よりも——すでに係船ドックを出ていったモーターボートのそれよりも——大きかった。倉庫の海側の陰から、無灯火のバイクが走り出てきた。一台に同乗したふたりの男は、ともに黒い革の服と、つやつやかなヘルメットを着けている。バイクは闇にまぎれ、すみやかにボルボに接近した。ユーズデンの見るかぎり、ケルセンとノーヴィはそれに気づいていない。危険が身に迫っていることにも。「危ない！」とっさに叫んだ。

警告の声は届かなかった。ユーズデンの目の前で、時は止まりかけ、また速まった。ケルセンが倉庫の壁に向かってバックしたのと同時に、バイクが車の脇に到達した。急ブレーキで停止するや、後ろに乗っていた男が飛びおりた。銃を持っているように見える。つづけて放たれた数発の鋭い銃声で、その点に疑問の余地はなくなった。窓ガラスが砕け散る。男は運転席のドアをあけ、さらに数発連射した。六発、七発。十発、十二発。クラクションが鳴り響く。フロントガラス越しに、突っ伏したふたりの体が見える。男は車のなかへ身をかがめ、死体のひとつを脇へ押しやる。クラクションが鳴りやんだ。そしてエンジンが止まり、ヘッドライトが消えた。こんどはゆっくりと、さらに数発の弾が撃ちこまれる。淡々と、着実に――いっさい手抜かりなく、目的を遂げるために。そして男は車から離れ、ケースを携えてバイクの後ろにまたがった。

そこでようやく、ユーズデンは逃避の本能にとらわれた。踵を返して走り去るならいましかない。だがそうしたために、灯火の届かない暗がりから離れることになった。姿を見られずに逃げるのは不可能だった。背後で叫ぶ声が聞こえたが、それはデンマーク語でも英語でもなかった。バイクのエンジンがふたたびうなり、爆音をあげた。男たちが追いかけてくる。よくて目撃者、悪くすればいま殺したふたりの共謀者と見られているにちがいなく、そんな人間をあっさり逃がしはしまい。

時間の余裕があれば、みずからを窮地に追いこんだこんな性分を呪っていただろう。ノーヴィとケルセンに反撃することにあれほど固執していなければ、ふたりもまた裏切られるだろうと予見できたかもしれない。しかし殺人は？　たったいま目にした冷酷な処刑は？　そこまではとうてい思い及ばなかったろう。予想をはるかに超えた危険にさらされ、いまや、おのれの命さえ危うい。

ユーズデンは先刻のせまい道のほうへ曲がり、スクーターを乗り捨てたひとつ目の埠頭をめざした。振り返ると、そこへ着くまでに確実に追いつかれそうだとわかった。ほかになすすべもなく走りつづける。逃げこむ場所も、隠れる場所もない。

そのとき、フェンスの出入り口が目にはいった。そこから通じる小道を行けば、幹線道路にかかる歩道橋がある。その上をバイクで追ってくることはできない。ユーズデンは出入り口をすばやく抜け、振り返りもせず、歩道橋まで突っ走った。

階段を駆けあがり、歩道橋の端まで走り抜ける。下の道路にはそこそこ車の往来があり、バイクの騒音は聞こえなかった。ユーズデンは一瞬、ふたりが追跡をあきらめたものと信じかけた。が、歩道橋の欄干から発せられた金属音が、そうではないと告げていた。前に身をかがめ、飛んでくる銃弾をかわしながら階段をおりた。銃声は二発、三発とつづいた気がする。

前方に、鉄道線路の下に延びる地下道があった。明るい照明のついたそのトンネルでは、よく見える的になってしまうだろう。だがそれは、いまいる地点から見た場合のことで、ユーズデンの追っ手がその位置に来るには歩道橋を渡らなくてはならない。躊躇している時間はなかった。被弾を知らしめる激痛にいつ襲われるかと身構えつつ、地下道を突き進んだ。

痛みは襲ってこなかった。ウストゥバーネ通りで地下道から出て、波止場へ向かうときスクーターで走った道路へもどった。右へと向きを変えながら、覚悟して後方を見やる。追っ手の姿はなかった。ついにあきらめたのかもしれない。

その道を少し行くと、エストーの駅を示す赤い六角形の標識が見えた。ユーズデンは終電が何時なのか知らなかった。もし間に合えば、願ってもないほどすばやく安全に逃げることができる。とはいえ、電車がまだあるかどうかは大きな賭けだ。道路の反対側はアパートメントや一軒家が立ち並ぶ住宅街で、うまくすれば追っ手を撒《ま》けるだろう。賭けるならそちらのほうが無難かもしれない。ユーズデンは逡巡しながら歩道に立ち、息をはずませていた。心臓が早鐘を打っている。血流の激しさに耳鳴りがする。どうするべきかわからない。もう一度地下道のほうへ目をやってみた。まだ人の気配はない。この感じではどうやら――

そのとき、聞き覚えのあるエンジンのうなりが耳をかすめた。振り返ると、バイクがユーズデンのほうをめがけてウストゥバーネ通りを爆走していた。ふたりは波止場を出て迂回してきたのだ――ユーズデンより先まわりできると正確に計算して。気づくのが遅すぎた。これではものの数秒で追いつかれてしまう。

地下道へ引き返したところで、逃げ道を失うだけだろう。この難局を切り抜けるには、どうにか反対側の通りへ渡って、住人のだれかが家に入れてくれるのを祈るほかない。ユーズデンは車道へ足を踏み出した。

突然鳴り響いたクラクションに驚き、左を見ると、トラックが轟音を立てて迫ってきていた。ウストゥバーネ通りが一方通行であることをそのときは忘れていた。とにかくもう止まることはできない。ユーズデンは前傾姿勢で突き進み、背後を走り抜けるトラックが巻き起こした旋風を受けながら、歩道にたどりついた。鳴りつづけるクラクションの響きと、ブレーキの激しいきしみがあとにつづく。

ほぼ同時に、タイヤがこすれる甲高い音と、金属が金属を踏みしだく重低音が轟いた。ユーズデンはその音にひるみ、さらに前のめりになったせいで足がもつれ、三歩進んだところで地面に倒れた。ゴムがこすれ、鉄がつぶれる音でなおも大きくなる騒音のなか、近くの壁際まで転がったユーズデンは、身をよじって後方の道路を振り返った。

トラックが、目の前を横切ったバイクを容赦なく踏みつぶしていた。追っ手は、トラックでユーズデンの姿がさえぎられる前に無理なターンをしようとしたにちがいない。しかしその判断が命取りになった。いま、横滑りしたトラックが、ゆっくりと連結部で折れ曲がって止まり、その運転台の下でねじれたバイクの車体が振動していた。乗っていたふたりの男は、壊れた人形のように投げ出され、前方の歩道脇に転がっていた。アタッシェケースも無惨に壊れ、蓋があいている。大量のクローネ紙幣が、強風にあおられた落ち葉さながらに舞っていた。

ふたりの男は路傍に倒れたきり動かず、トラックは三十メートルほど先でようやく完全に停止した。運転手がドアを押しあけ、ショック状態の人間特有の鈍い動きで運転席からおりてくる。溝に落ちた銃が、街灯の光を受けて冷たく光っていた。運転手がぼんやりとこちらを見たので、ユーズデンはふらつく足で立ちあがり、じりじりと後退して物陰に隠れた。フォード・トランジット・バンが走ってきて、近くで止まった。近隣のアパートメントの窓がいくつも開きはじめている。じきにサイレンが聞こえてくるだろう。

ユーズデンは現場から離れ、脇道を進んだ。走り出したい気持ちを抑え、できうるかぎりの早足で歩く。その道がどこへ至っているのかは知らなかったが、そんなことはどうでもよかった。そこから遠ざかり、安全な場所へ行けさえすれば。

28

〈フェニックス〉の夜勤のフロント係は、眉を血に染め、薄汚れたなりをしたユーズデンを見ていったいどう思っただろうか。その朝、睡眠と呼ぶにはむなしい数時間の気絶状態から目覚めたユーズデンは、前夜どうやってホテルまでもどってきたのか、ろくに覚えていなかった。服も脱いでおらず、手足のあちこちが痛んだ。動くたびに頭がずきずきと疼き、一夜のうちに青黒い痣ができていた。そして見るものすべてが、遅発したショックという分厚いカーテンの向こうにかすんでいた。

ユーズデンはシャワーを浴び、清潔な服を身につけて、近くの〈セブン - イレブン〉まで消毒剤と絆創膏を買いに出た。打撲の程度を医者に診てもらうべきかとも思ったが、そんなことをして注意を引くのは、控え目に言っても得策でない気がした。いまごろウィジャヤパーラが自分の人相を警察に伝えているだろうし、ノアハウンでケルセンを含む多数の死者が出ているからには、ユーズデンもその事件の関与者と見られることはまちがいなかった。いま取れる賢明な行動は、極力目立たないようにコペンハーゲンを離れることだけだ。それもなるたけ早いうちに。ぐずぐずしていればそれだけ、殺人の捜査に巻きこまれる恐れが増す。

とはいえ、自分だけロンドンへ逃げ帰って、マーティーを未知なる運命にゆだねるわけにはいかなかった。マーティーの身に何が起こったのかたしかめなくてはならない。たとえ、その友人のせいで、穏やかで波乱のない人生が命がけの苦闘に変わったのだとしても。「くそったれ、マーティー」コペンハーゲンの朝の厳しい冷えこみのなか、重い足どりで〈フェニックス〉へ引き返しながら、ユーズデンは何度もそのことばをつぶやいた。過去に幾度となく吐いた台詞だ。しかし一度として、そこから教訓らしい教訓を得ていなかった。


ユーズデンは、さっさと部屋にあがってルームサービスの朝食を頼み、濃いブラックコーヒーを処方薬として服用するつもりだった。けれども大理石張りのロビーを歩いている途中で、予期せぬ訪問者に呼び止められた。レジャイナ・セレストだった。

「やっぱり会えたわ、リチャード。すぐにもどるかと思って待つことにしてみたの。だって、こんな朝にそうそう外をうろついていられないじゃない？」朝だというのに、レジャイナは夜にも増してにぎやかで派手はでしかった。というより、いまの自分が過敏になっているだけだろうか。「ねえ、その顔どうしたの？　ゆうべ物騒な連中にでもからまれた？　すごい痣になってるわよ」

「バスルームで滑ったんだ」

「ほんとうに？」レジャイナはもちろん怪訝な顔をした。

「ところで、どうしてここへ？　あいにく、まだマーティーの行方はつかめていないんだ」

「そうなの？」

「ああ。ヴェルナーに話したとおり、わかったらすぐに知らせるよ」

「でも、問題はまさにそこなのよ、リチャード。マーティーからヴェルナーに連絡があったの」

「なんだって？」

「あなたも異論ないでしょうけど、わたしたち、話をしなくちゃ」


ふたりはブレッズ通り沿いで店をあけたばかりのカフェを見つけた。ほかに店内にいるのは日本人観光客の一団くらいで、みな熱心に朝食の写真を撮っている。ユーズデンはコーヒーだけ注文した。レジャイナがハーブティーのティーバッグの抽出にかかっているあいだ、マーティーの提案したシュトラウブ回避計画を信じこんでいた自分に愕然としていた。程度の問題はさておき、今回もだまされたのにはちがいない。

レジャイナの通告で、思い出したくもない感覚がまたよみがえっていた。またもやマーティーの口車に乗ってしまったらしい。

「ヴェルナーはいまどこにいるんだい？」ユーズデンは尋ねた。

「そこが厄介なのよ、リチャード。わからないの。けさ部屋に行ったら、もういなかった。フロントにこのメモが残してあったわ」レジャイナは旅行鞄サイズのハンドバッグから〈ダングレテール〉備えつけのメモ用紙を取り出し、ユーズデンに手渡した。

レジャイナへ
だまって発つことを申し訳なく思う。マーティーから連絡があった。これから彼に会いに行く。すべての疑問の答えが得られるといいのだが。きみはここで待っていてくれ。きょう、あとでかならず電話する。ハノーファーの件は、そちらへもどりしだい片づけよう。
では また。
ヴェルナー

「『ではまた、置き去りのきみ』ってわけ」レジャイナはメモを引きとりながらつづけた。「ゆうべからこんなふうに発つ気でいたのよ。わたしに言わなかった理由はただひとつ、教えたら絶対いっしょに行きたがるとわかってたから。少なくとも、行き先を教えたらね。わたし、ていよくあしらわれるのは大嫌いなの、リチャード。特にヴェルナーみたいな、気取ったたかり屋には。言ってることわかるでしょう？」

「ああ。よくわかる」

「きのうの朝クランペンボーへ行ったときは、すべて文句なしだったのよ。ヴィドゥアは会議場になってしまってたけど、ヴェルナーがまともなガイド付きツアーを申しこんでおいてくれたの。ダウマーの時代そのままの部屋に、不恰好な家具やら、俗っぽい彫像やら、埃をかぶった観葉植物が詰めこまれてるのを想像してみて。まあ、おかげであの皇太后に心から同情できたわ。とりわけ、長い時間を過ごしたとされてる、海の見える小塔の間ではね。ともかく、ヴェルナーはわたしに求婚こそしなかったし、そんなことがあったとしても返事はノーだけど、申し分なく丁重な接待役だった。で、ヴィドゥアから湾岸道路を少し走ったところのレストランでおいしいランチをとったあと、ルングステッズのカレン・ブリクセン（映画〈愛と哀しみの果て〉の原作『アフリカの日々』の作者）博物館まで足を延ばしたの。だって、せっかくの機会がもったいないじゃない。わたし、あの映画が大好きだったから。あなたは？」

一九八〇年代の半ばにジェマとギルフォードの映画館へ出かけ、レジャイナが好きだという〈愛と哀しみの果て〉を観た甘くほろ苦い記憶が、ユーズデンの脳裏によみがえった。あのとき、ユーズデンは満ち足りた夫で、ジェマはひそかに不満を抱えた妻だった。時を経て癒えることよりも、つらくなることのほうが多いとよく思う。

「そこの展示を見てまわってる最中に、ヴェルナーの携帯に電話がかかったの。ちょっと焦った様子で、外へ出て受けてたわ。もどったとき母親からの電話だったと言われたけど、一瞬たりとも信じなかった。でも、こっちはどうすればいいわけ？　そのあとヴェルナーの態度が変わったの。ぴりぴりして、気もそぞろな感じに。〈ダングレテール〉にもどって夕食をとってるあいだも、ずっとそう。食事がすむなり部屋へ引きあげていったわ。柄にもなく早寝するなんて言って。なんだかわけがわからなかった」レジャイナは冷ややかに笑った。「もちろん、いまはわかってるわよ。あの小ずるい男の魂胆は」

「その電話がかかってきたのは何時？」

「どうだったかしら。だいたい……三時ごろだと思う」

三時といえば、マーティーがコペンハーゲンに到着するはずだった時間にかなり近い。そのタイミングが何かを示唆しているとしても、それがなんなのかユーズデンにはわからなかった。

「何か思いあたることがある？」

「残念ながら。すまない、レジャイナ。マーティーのたくらみはまったく読めない。ヴェルナーのほうも」

「ふたりだけでこっそり話をまとめようとしてる。そういうことよ」

「そう……なのかもな」レジャイナの推測はきっと正しい。そうとしか考えられない。

「問題は、あなたとわたしがこのまま指をくわえているのかってこと」

「ほかに何ができる？」

「まずは持ってる情報を出し合いましょう」口には出さなかったが、ユーズデンには名案とは思えなかった。ここ数日の行動を詳しく話す気などさらさらない。「クレム・ヒューイットソンの記録の内容がどんなものなのか、ほんとうに知らないの？」

「まったく知らない」

「それはちょっと……残念ね」

「きみたちの〝ハノーファーの件〟というのは？」とにかく話題を変えたくて、ユーズデンは尋ねた。

「ああ、そのことも話してよさそうね。あんな勝手な行動に出た男のために、秘密を守る義理なんてまったくないもの。ヴェルナーは、ハノーファーにいるハンス・グレンシャーというナチ関連品のコレクターから、アナスタシアに関する重要な資料を含むという、秘蔵のゲシュタポ文書を買いとる交渉をしてたの。第二次世界大戦中、アナスタシアはハノーファーに住んでたのよ。なんらかの理由で、国内を好き勝手にうろつかせまいとしたゲシュタポの強い勧めでね。でも、あるとき、ベルリンへ連れていかれて総統《フユーラー》と会見した。ヒトラーがどういう考えでアナスタシアを招いたのかはよくわからない。たぶん、スターリンとの取引材料に利用できると見てたんじゃないかしら。それはさておき、グレンシャーの持ってるアナスタシアの資料がどんなものか、わたしは正確に知らないけど、ヴェルナーが言うには、それをマーティーのお祖父さんが保管していたものと照合できれば、アナスタシアがまちがいなくアナスタシアだったことが証明されるらしいわ。グレンシャーは秘蔵の文書をばら売りする気はないらしくて、アナスタシア関連の品ひとつのために、文書一式を買いとらなきゃならないの。現に、その先買権を得るだけのために、手付け金をたっぷり払わされたわ」

レジャイナの言う手付け金が、シュトラウブがマーティーに握らせようとした金の出所だったのではないのかと、ユーズデンは考えざるをえなかった。いくらかでも自分の金を持っていたとして、それには手をつけずに他人の金を使うところは、いかにもあの男らしい。必要となればだれとでも――レジャイナとでも、マーティーとでも、おそらくグレンシャーとでも――取引する気でいるらしいところも。「ヴェルナーは何を根拠に、そのなんだかわからない代物とマーティーが祖父から受け継いだものとが照合できると確信しているんだい?」

「わからないわ、リチャード。でも、ヴェルナーはその点に関してはずっと主張を変えなかった。だからわたしもここまで飛んできたのよ。あの男が自信満々でこう言ってたから。シャーロッツヴィルでわたしが会ったあの貴婦人がポーランド出身の田舎者にすぎないなんてでたらめなDNA鑑定結果を、根底から覆してやれるってね。でもいまは、交渉資金として必要な額を実際より多くわたしからせしめて、それを好きに使ってたんじゃないかと思ってる。言いたいことはもうわかったでしょう? ヴェルナーはたぶん、自分の利益のためにこの件を立証するつもりよ。本を書いて、映画化権が売れたら、わたしを締め出すって腹づもりね。あの男にとってわたしは、そのときまでミルクを搾りとるための乳牛でしかないの。でも、言わせてもらえば、こっちもただ尻尾を振ってるだけの乳牛じゃないわ」

「何をするつもりなんだい?」

「ハノーファーへ乗りこむのよ。ハンス・グレンシャーと一対一で会うの。その気になれば、交渉ぐらい自分でできるわ」

「きみならきっとできるよ」

「でもわたし、留守にするあいだも、こっちの状況を把握しておきたいの。そこであなたが登場するわけ」

「というと？」

「ヴェルナーがここへもどって、私がいなくなったのを知ったら、かならずあなたに探りを入れてくるわ。そうしたら、見当ちがいの方向を示してやってもらいたいの。わたしがダウマーを追いかけてサンクトペテルブルクへ――彼女がいま、皇帝と皇后と子供たちの何人かと眠る安息の地へ――最後のお別れを言いにいったとね。ヴィドゥアを訪ねたとき、わたしがどれほど感極まってたかを見てるから、きっと鵜呑みにすると思う。もともと感情豊かなほうなのよ、リチャード。あなたもそれは認めてくれるわよね。ただ、いまのわたしがいちばん近しくしてる感情は、疑いなの。だから、もうひとつお願い。ヴェルナーとマーティーのほんとうの目論見を探り出して――わたしに知らせてくれないかしら」

いまはまちがいなく、こんなことを口にするときではなかった――クレムが持っていたという決定的な文書が、ほかのすべての文書もろとも、もはや手の届かないところへ消えてしまい、どんな陰謀や裏取引をもってしても取りもどすことはできない、などとは。シュトラウブがもどったとき、自分がまだコペンハーゲンにいるかどうかもわからなかった。とはいえ、レジャイナにその理由を説明するわけにはいかない。そのことで彼女を欺かざるをえないのは不本意だったが、それよりずっと不本意な行為をすでに犯していた。ユーズデンは力づけるように微笑みかけた。「ぼくなりに最善を尽くすよ、レジャイナ」

三十分後、ユーズデンはようやく〈フェニックス〉の部屋へもどった。傷の手当てをしてから朝食を注文し、運ばれてくるのを待つあいだ、ベッドに横になった。マーティーがまたも友情を悪用した意図はなんなのか、突き詰めて考えるには疲れすぎていた。いまわかるのは、今回のそれは史上最低の部類だということ——そして、この紛糾した件とのかかわりを断つべきだということだけだった。いまこそ見切りをつけるときだ。

マーティーが謝罪か言い訳のメッセージを残していないか、携帯電話をチェックした。ユーズデンの把握しているかぎり、マーティーはこの電話番号を知らないはずだから、ほんとうにメッセージがはいっていたらそれこそ不思議だ。それでも、少しは好意的な解釈をしてやらなくてはいけない気がした。

やはり、マーティーからのメッセージはなかった。が、ジェマからまた着信があった。こんどは〝すぐに電話して〟に〝大至急〟が加わっている。マーティーとのここ数日の行動について質問攻めに遭うのを覚悟しつつ、ユーズデンはしぶしぶ電話をかけた。モニカでなくジェマ本人が出たのがせめてもの救いだった。

「ぼくだ」

「ああ、リチャード、どうしていままで電話をくれなかったの？　気が変になりそうだったわ」どう聞いても取り乱した口調だが、それがなぜなのかユーズデンには想像がつかなかった。

「どうかしたのか？」

「『どうかしたのか』って、何言ってるの？　あなた、コペンハーゲンにいるんでしょう？」

「ああ」なぜジェマがそれを知っているのかと思いながら、ユーズデンは答えた。

「だったら、どうしてあなたが知らせてくれなかったの？　なぜあんなことを、デンマークの女性警官から聞かされなきゃならないのよ」

「あんなことって？」

「マーティーのことよ、もちろん」

「マーティーがどうしたんだ？」

「わたしをからかってるの、リチャード？」

「まさか。マーティーとは、いまいっしょにいない。実を言うと、居所がわからないんだ」

「もちろん、いっしょにはいないでしょう。だって……」ジェマは口ごもった。

重い沈黙があった。ユーズデンの心に不安が湧き起こる。

「ジェマ?」

「ほんとうに知らないのね?」

「頼むから、はっきり言ってくれ」

「ああ、なんてこと」

「何があった?」

「残念だわ、リチャード」

「残念って、いったい――」

「マーティーが死んだの」

29

「おれがいなくなったら寂しくなるぞ」不思議なことに、ハンブルクとオーフスでともに過ごした数日のあいだ、マーティーは一度もそんな台詞を口にしなかった。たぶん、その必要を感じなかったのだろう。たぶん、わかりきった事実だと思っていたのだろう。たしかにそうだけれど、寂しがってなどやるものかと思わされる場面もいくつかあった。だが、恨みも、憤りも、苛立ちも、度重なる不信さえも、死を前にして影をひそめた。その朝遅く、ロスキレ県立病院で死体仮置台に横たわるマーティーを見おろしたユーズデンは、まさに死を前にしていた。冷たく、青白く、表情のないその顔は、もはやマーティーのものではなくなっていた。

付きまとう事務員が、マーティーの引きとり——この地の葬儀屋にゆだねるなり、アムステルダムかイギリスへ移送するなり——の手配をユーズデンがするのかどうかを気にしていた。ユーズデンはことばを濁した。コペンハーゲンにとどまって、一週間以上はかかりそうなその仕事に専念する余裕はなかった。その役目はジェマに一任するほかないだろう。そして、そのことをどう説明するかも考えなくてはならない。

けれども、そんな現実的なことに頭を使う気力がなく、ユーズデンは病院を出ると、数時間前にコペンハーゲンから到着した鉄道の駅を通り過ぎ、ロスキレの中心部へと足を向けた。少年時代からの友の死は、その瞬間まで存在すら意識していなかった手足の一本を切り離されたような感覚だった。最もマーティーらしい表情が――茶目っ気と、ユーモアと、豪胆さと、何にでも首を突っこむ性分のすべてを瞬時に伝える表情が――絶えず脳裏に浮かんでくる。それはいま、ユーズデンの心の目に鮮やかに映し出されていた。土曜の朝、カウズのファウンテン・アーケードでニューポートからのバスをおりたとき、ガムを嚙みながら屈託なく微笑むマーティーの顔を見ただけで、これから楽しい数時間を過ごせると確信したものだった。その面影は、ハンブルクのシュトラウブ夫人のフラットで口からテープを剝がしてやったときにも、まだいくらか残っていた。「おまえの顔が見られて嬉しいよ、コニングズビー」ユーズデンも同じ気持ちだった――保証人としての顔をつぶされたり、ジェマを奪い合ったり、言い争ったり、だまされたり、いろいろなことがあったけれど。いつだってそうだった。だが、その気持ちを味わうことはもう二度とない。

駅の隣に、現在は公園になっている古い墓地があった。じめじめと冷えこむ日だったせいか、ベンチは空いていた。ユーズデンは腰をおろしてロスキレ大聖堂の赤煉瓦の切り妻壁と銅張りの尖塔を眺めたが、目にたまった涙でその輪郭はぼやけていた。ジェマから聞いた話では、マーティーは前日の午後三時三十分ごろ、その大聖堂のなかで倒れ、近くの病院へ運ばれると同時に死亡を宣告されたそうだ。死因は重度の発作。パスポートを携帯していなかったため、オーフス市民病院の調剤室で発行された処方箋から身元が判明した。マーティーは最近親者の欄にジェマの名前を記入していた。また発作が起こる可能性を理由に、専門医はもうしばらく入院するよう強く勧めたようだが、強引に退院したらしい。マーティーがどれほど強引になれるか、ユーズデンはよく知っていた。

マーティーがオーフスから乗ると言っていた十一時五十四分発の列車は、三時少し前にロスキレに着いたはずで、シュトラウブにはそのとき電話したものと思われる。その半時間後、マーティーは大聖堂へ足を踏み入れ――それきり歩いて出てはこなかった。不可解なのは、なぜロスキレで列車をおりたのかという点だ。なんらかの理由でコペンハーゲンまで乗っていくのをやめたのはまちがいなかった。レジャイナ・セレストなら、シュトラウブとの密会の下見をするためだと言うかもしれない。けれども、約束の場所はロスキレではなさそうだった。シュトラウブのメモからは、もっと遠くへ発った印象を受けた。ユーズデンには、こう考えるほうが自然に思えた――マーティーはロスキレでわざと途中下車して、シュトラウブが無駄足を踏むよう仕向けてからコペンハーゲンに来るつもりだったが、突然の死によってそれを阻まれてしまったのだと。もしそうならば、マーティーは自分とユーズデンを守ろうとしているさなかに死んだことになる。

ユーズデンはかつて、ジェマとホリーといっしょに、ヴァイキング船博物館目当てにロスキレを訪れたことがあった。大聖堂はその日の行楽の目玉ではなかったが、ホリーは青歯王ハーラル一世の墓探しを楽しんでいた。ダウマーの墓も当時はその納骨堂のどこかにあったはずだが、ユーズデンは探してまわりはしなかった。むろん、いまはもうないわけで、いったい何がマーティーをこの大聖堂に引き寄せたのか、理解に苦しむ。マーティーは自他ともに認める無神論者で、教会建築にもまったく興味がなかった。何世紀にもわたってデンマーク王族の御霊を祭ってきた霊廟など、ふだんなら、無関心に肩をすくめるくらいの反応しか引き出せなかったろう。

それでもマーティーは堂内へはいった。そしてユーズデンもそれに倣った。正面入り口に足を踏み入れると、ボランティアのガイドに迎えられた。前日にそこで亡くなった男性の友人だと説明したところ、入場券売り場にいる女性のもとへ案内された。彼女は押し殺した口調で「すべて見ておりました」と言った。

それは、マーティーが倒れたのが大聖堂の本体ではなく、入り口近くだったせいらしかった。その係員はにこやかで感じのいい中年女性で、目についたバッジによるとイエッテという名前らしい。

「ご友人はふらりとはいってきて、入場券とパンフレットを購入されました。そしてわたしに、帝政ロシア最後の皇帝の母君であるダウマー王女についてお尋ねになりました。ご存じのとおり、彼女はデンマーク王室の生まれで、以前はここに埋葬されていました。昨年の九月にはサンクトペテルブルクに改葬されましたけれどね。ご友人はダウマーの棺のあった場所を知りたがっておられたので、パンフレットのなかの地図でご説明しました。はがきにもなっているんですよ」係員はラックからはがきを一枚引き抜いて、ユーズデンに見せた。聖像や火の灯った蠟燭とともに納骨堂の一角におさまった、みごとな彫刻の施された大きな木製の棺を写したものだった。「これも一枚お買いあげになりました」

「どんな様子でしたか？」

「少し……ふらついていました。すごく寒い日でしたのに、汗をかいていらして。それと、頭が痛むのか、ずっと額をさすっておられました。でも笑顔が素敵でしたわ。古いお付き合いだったんですか」

「子供のころからの」

「まあ。それはずいぶん動転なさったでしょう」

「ええ。そうですね」

「もしやコニングズビーというお名前では？」

「はい？」

「コニングズビーという人にあることを伝えたかったようなんです。最後にそれを口にされました、あそこに横たわって」係員は身廊へ通じるドアのほうを指し示した。「ここから何歩も行かれないうちに、立ち止まって腰をかがめるのが見えました。何かつかまるものを探すみたいに手を伸ばしていましたが、壁はだいぶ離れていたんです。具合が悪そうだと気づいてすぐに駆け寄ったのですが、間に合わず、床に倒れてしまいました。ほかの見物客のかたたちも集まってきて、みんなで頭を支えました。わたしたちのことが見えていたかどうかわかりません。目つきが……ふつうではなくなっていたので。それに、うまく話せなくなっていました」

「でも、話したことは話したんですね」

「ええ。コニングズビーという人へひとこと言い残して……そしてお亡くなりに」

「ぼくがコニングズビーです。そういう名前ではないんですが……ときどきそう呼ばれていました」

「じゃあ、あなたへの伝言なんですね」

「はい」ユーズデンはうなずいた。「それで、なんと？」

「『コニングズビーに、バブーシュカは正しかったと伝えてくれ』と」

バブーシュカ。そうだった。ユーズデンはその女のことをすっかり忘れていた。いまのいままで。

「何か意味のあることなんですか」

「ええ、あります。たしかに」

30

一九七六年九月。炎暑の夏が燃えつきるころ。休暇中のアルバイトの日々と、まもなくはじまるケンブリッジの秋学期とのはざまを楽しく埋めるパリへの小旅行をジェマが提案し、パメラという学校の女友達を誘って、すべての準備を整えた。四人はポーツマスで落ち合い、ル・アーヴル行きのフェリーに乗った。

出発の前日、リチャードはほかにすることがなかったので、月に何度かの買い物に出かける母親に付き合ってサウサンプトンへ行った。いつも自然と足が向く、何フロアもある文芸書の宝庫〈ギルバート書店〉をぶらついて、例によって衝動買いをした。ちょうど新刊で出たばかりだった、アンソニー・サマーズとトム・マンゴールドの共著『ロマノフ家の最期』だ。

フェリーで海峡を渡り、鉄道でパリへ向かう道中、ユーズデンが読む手を休めるたびにマーティーもその本を手にした。ほどなくふたりはその本の話ばかりするようになり、ジェマを大いに苛つかせた。そして、パメラの強い希望でしぶしぶながらルーヴルをひとめぐりしたものの、芸術作品には目もくれずに、著者の示唆するとおり、皇帝一家の女性たちが例の虐殺の夜を待たずにエカテリンブルクからペルミへひそかに逃亡しえたかという議論に没頭してしまい、あとでなじられる羽目になった。

マーティーはすぐさま、マウントバッテン卿を首謀者とする陰謀説を打ち立てた。かの人物が、皇帝がイングランド銀行に蓄えていたとされる何百万ポンドもの財産を、アナスタシアに相続させないよう画策したという説だ。マーティーはまた、ニコライ二世の結婚前の恋人で、のちに彼のいとこのひとりと結婚したマチルダ・クシェシンスカヤという年配のバレリーナがパリに住んでいることを知って興奮していた。マチルダは一九六七年、九十五歳のときにフランスのテレビのインタビューに応じ、アンナ・アンダーソンの主張を支持していた。くだんの本の関連箇所を無理矢理読まされたジェマは、マチルダがまだ生きていても百歳をゆうに越えているはずだと指摘したが、その老夫人を探し出すというマーティーの意気込みをそぐには至らなかった。

ジェマはパリでの最後の朝に廃兵院《アンヴァリッド》を訪れようと決めていたが、マーティーには別の考えがあった。結局、ジェマとパメラがふたりだけでナポレオンの墓見物に出かけ、マーティーとリチャードはリトル・ロシア——革命のあとロシアからの亡命者たちが住み着いた、アレクサンドル・ネフスキー大聖堂の周辺地区——へ向かった。ロマノフ王家の生き残りについて質問し、意見を聞くならそこへ行くしかないとマーティーが言ったのだ。

結果は期待はずれだった。ロシア人の横柄な書店主から、〝大公夫人マチルダ〟は死んだと告げられた。マーティーは、いまやページの角がまるまった『ロマノフ家の最期』を軽蔑の目で見つめ、王族について語られることは〝でたらめだらけ〟だと言った。しかもマーティーは、大聖堂の開館予定をたしかめてきていなかった。ふたりが訪れたのは、観光客が入館できない日だった。

大聖堂の前で立ちつくし、その金色のドームと固く閉ざされたドアをにらみながら、ふたりはなじり合いをはじめる寸前だった。そのときマーティーが、教区案内所の壁の掲示板にチラシを貼っている、ぼろを着た老女に気づいた。全身黒ずくめで、頭にきつく巻いたスカーフから覗く顔には、干上がった川床のように皺が刻まれていた。チラシはロシア語とフランス語で書かれていた。千里眼として未来を占います、という地域住民向けの宣伝だ。マーティーは英語で話しかけたが通じず、しかし、リチャードとともに初歩のフランス語を用いて、どうにか意思疎通を図った。大公夫人マチルダを知っていたか？――知っていた。マチルダだけでなく、その息子や夫や大勢のいとこたちも。アナスタシアを自称した女性について何か知っているか？――それも知っている。いろいろ知っているから、食事をおごってくれる気があるなら、話をしてもいいという。老女は貧しく、空腹で、世間に見捨てられ――情報だけはたっぷり持っていた。

マーティーがあとで〝バブーシュカ（「おばあさん」や「農婦が頭に巻くスカーフ」を意味するロシア語）〟とあだ名をつけたその老女は、たしかに多くを知っていた。近くのバーで、店員から明らかに胡散くさそうな目を向けられながら、老女はスープをすすり、ウォッカを舐めつつ、惜しみなく知識を披露した。残念ながら、そのなかでマーティーとリチャードに理解できたのは、すでに知っている話がほとんどだった。マチルダの夫のアンドレイ大公もアンナ・アンダーソン支持を表明していたといい、バブーシュカもそれには異論なかったが、大公と一度握手を交わした折、彼の息子が父を裏切ることを感覚的に予見し、本人にそう告げた。果たして、息子のウラジーミル――バブーシュカいわく〝腹黒いやつ《ラ・ヴィペール》〟――はアンナを詐称者として糾弾した。なぜか？「お金のため《プール・ラルジャン》。すべ《トウジュ》てお金のため《ール・プール・ラルジャン》」〝強欲《ラ・キユピディテ》〟こそがロマノフ一族破滅の真因だったと、バブーシュカは言い切った。「すばらしい洞察をありがとう」マーティーがつぶやき、バブーシュカはまたひと口ウォッカをあおった。

気前のいいふたりにじゅうぶんな返礼ができていないと思ったのか、バブーシュカは最後に手相を見てあげると言いだした。リチャードは辞退したが、マーティーは嬉々として申し出を受けた。幸運と金運については漠然とした予言しか得られず、がつかりしたマーティーは、寿命はどのくらいか教えてくれと迫った。あたしよりは長生きするさ、とバブーシュカは茶目っ気たっぷりに答え、あとから思いついたようにこう付け加えた。「あなたは神聖な場所で死ぬ《ヴー・ムレ・ダンザン・アンドロワ・サクレ》」

マーティーは自分が神聖な場所で死ぬという見立てを笑い飛ばした。あとでその話を聞いたジェマは、マーティーみたいな人間がそんな場所で葬られるなり、死ぬなりするなら上出来だと言った。そのとき一行はエッフェル塔の最上階で、パメラがシャルトル大聖堂だと言い張る地平線上の染みをありがたく眺めていた。「聖堂のたぐいは大嫌いだ」マーティーはリチャードに小声で言った。「これで、そういう場所へ近寄らない立派な口実ができた」

ユーズデンはロスキレ大聖堂を出て、デンマークの薄暗い午後の寒さに身を投じた。けれども心は、三十年前の、パリのまぶしい日差しのなかにとどまっていた。モンマルトルのカフェのテーブルの向かいで微笑むマーティーが見える。サン＝ルイ島の河岸の石壁から照り返す熱を感じる。過去が自分を呼んでいた。それに答えることはできなかった。

「ミスター・ユーズデン？」

灰色のスーツに白のシャツと濃紺のネクタイという出で立ちの、頭を剃りあげた小太りの男が前方に立っていた。その後ろの路傍には黒光りしたメルセデスが停まっている。ユーズデンの思考は、いきなり現在へと引きもどされた。「そうですが」力なく答える。

「あなたをミョルニル本社までお送りするよう指示を受けています」

「なんだって？」

「ミョルニルです。ビアギッテ・グリュンがあなたにお会いしたいと」

「だれが？」

運転手はかすかに微笑んだ。「わたしの上司です」

「そんな女性は知らない。それに、こっちは会いたいと思わない」

「ちょっとお待ちを」運転手は携帯電話を取り出し、どこかへかけた。デンマーク語で二言三言話して、ユーズデンに電話をよこした。「本人です」

「もしもし」ユーズデンは用心深く言った。

「リチャード・ユーズデンさん？」早口で張り詰めた声に、苛立ちが感じとれた。

「そうです」

「ミョルニルの財務担当役員《CFO》、ビアギッテ・グリュンです。あなたとお話しする必要があります」

「どんな件で？」

「電話では話せない件です。ヤアアンがわたしのオフィスまでお連れします」

「こちらはそれを望んでいないかもしれない」

「わたしだって、土曜の午後に会社にいたくはないかもしれませんよ、ミスター・ユーズデン。でもいるんです。そして、あなたにもここへ来て話をしていただきます。でなければ警察が、昨晩アナス・ケルセンという弁護士とヘニング・ノーヴィという記者が殺害された事件について尋問したいけれど、人相しかわからない人物の名前を知ることになります。わたしのオフィスのほうが、警察本部の取調室よりずっと快適ですよ。あなたの話を記録する人間もいません。ですから、車に乗っていただいたほうがいいわ。のちほどお目にかかりましょう」

31

コペンハーゲンの南は地区全体が再開発中のようだった。ユーズデンはメルセデスの反射ガラス越しに、点在するクレーン群や、まもなく周辺もその一部と化す土の山のはざまに林立するオフィスビルや高層アパートメントを眺めた。これぞ未来都市。そしてその中心に、天を差す指のごとくそびえているのが、ミョルニル株式会社を収容する群青色のガラス張りの塔――ヤアアンによると、通称〝青い魔法の杖《ディ・ブロ・トリュリステ》〟だ。

ヤアアンは地下駐車場に直接車を乗り入れ、ユーズデンをエレベーターまで案内した。耳が痛くなるほどの高速運転で、高層ビルの最上階まで運ばれる。エレベーターのドアが開くと、人気《ひとけ》のない開放型のワークスペースがひろがっており、パンツスーツ姿のきびきびした女性が迎えに出てきた。「ミスター・ユーズデンですね。ビアギッテ・グリュンです」

ビアギッテは、ブロンドの髪をショートカットにした、四十五歳くらいの小柄で細身の女性だった。線の鋭い顔に横長の角型眼鏡をかけ、ピンクのシャツの襟もとにシンプルなプラチナのネックレスをつけている。てきぱきとして有能な印象で、ふだん管理している何人もの部下とのミーティングとなんら変わりなさそうな口調で話した。

「わたしのオフィスへどうぞ」形だけの握手をすませ、ビアギッテは言った。「きょうの午後はわたしたちしかいません。ミョルニルは週末勤務を奨励していないんです。でもこの件は緊急なので」

「そうなんですか」

「ええ。わが社にとっても、あなたにとっても」ビアギッテは元来た経路をもどり、ユーズデンもそれにつづいた。「でなければ、わたしはここにはいません」

ふたりは、落ち着いたパステルカラーと白っぽい木製家具でまとめられ、絨毯の敷き詰められた、ガラス張りの広いオフィスにはいった。黒いスーツと白い開襟シャツ姿の男がふたりを待っていた。陰気な青い目をした、見たところ五十歳くらいの男で、髪は薄くなりかけ、小ぎれいなあごひげを生やしている。

「CSOのエリック・ロンです」ビアギッテが言った。

ユーズデンはその男とも握手を交わした。握力が強く、顔はにこりともしない。

「Sはなんの頭文字ですか」

「警備《セキユリテイ》です」ロンが答えた。

「ああ」

「紅茶かコーヒーをいかがです、ミスター・ユーズデン？」ビアギッテが尋ねる。

「できればコーヒーを。砂糖なしのブラックで」

「あなたと好みが同じね、エリック」ビアギッテは言った。「一杯注いでさしあげてくれる？　わたしは要らないわ。すわりましょうか」

ふたりは大きなカエデ材の会議テーブルについた。建物の角を向いたその位置からは、コペンハーゲンの中心部へとＶ字形にひろがる広大な建築現場が見渡せる。

「ご友人が亡くなられたこと、お悔やみ申しあげます」

「それは真剣に受けとめるべきなんでしょうか」

「真剣に申しあげたんです」

「次は、カーステン・ブーガーの死はほんとうに事故だったと言うつもりでしょう」

「わたしの知るかぎり、あれは事故です」ビアギッテはかすかに情のこもった微笑を浮かべ、毎朝家に置いてくる朗らかな人格を覗かせた。「たいへんな二十四時間を過ごされたようですね。すごく痛そうだわ」絆創膏を貼った額の裂傷と、目の周りの青痣の二重のダメージを認めてうなずく。「とてもお疲れで、ちょっとやけになってらっしゃるみたい。失礼かもしれないけれど」ロンがコーヒーを運んできてビアギッテの隣にすわった。「これで楽になるかもしれない」

「そうですね」ユーズデンはコーヒーをひと口飲んだ。たしかに楽になった——ほんの少し。

「何か質問があれば……」

「こんなにすぐにぼくがここに呼ばれたわけは、教えてもらえるんでしょうね」

「そのつもりです」

「では、この質問からはじめましょう。トルマー・アクスデンはいまどこに？」

「ヘルシンキにいます」

「サウッコ銀行に多くの時間をとられているわけですか」

「本人が予想したほどではありません」

「だが、この面談を許可したのは……トルマーでしょう」

「ミスター・ユーズデン、わたしは信頼されています。これは社長の権限内での行動です」

「それは肯定と否定のどちらです？」

ロンがデンマーク語で何かつぶやいたが、ビアギッテは聞き流したようだ。「これはお知らせしておいたほうがいいですね」と、ことばをつづける。「警察はすでに、ケルセンとノーヴィの遺体から見つかった弾丸が、昨夜遅くウストゥバーネ通りでトラックと衝突して死んだ、バイクに乗ったふたり組のそばにあった銃から発射されたものと割り出しています。ふたり組の身元はまだ特定されていません。彼らは数千万クローネの現金を運んでいました。ふたりは目の前を横断していった男を追っていたと、トラックの運転手は考えています。その少し前に、イギリス人らしき男にヨークス小路のケルセンの事務所に閉じこめられた管理人は、その男がマーモヴィーへ向かったと証言しました。ケルセンとノーヴィが射殺された埠頭です。警察はその男の人相をあまり詳しく把握していません。捜し出せる見こみはあまりないでしょうね。男はおそらくそこらじゅうに指紋を残しているでしょうが、欧州刑事警察機構《ユーロポール》のデータベースに記録があるとは思えません。となると、名前が判明しないかぎりは……」

「言いたいことはわかりました」

「よかった」

「ぼくに何をさせたいんです？」

「手助けです」

「手助け？」

「はい。わたしたちは……ある難局に……対処しなくてはなりません」

「どんな難局に？」

「ケルセンとノーヴィを殺害させ、支払った金を奪還するために例のバイクのふたり組を雇ったと思われる連中が、わが社に接触してきました。相手の正体は不明です。

仮に……〝敵〟としておきましょう。敵は、わが社のCEOと、ひいては会社そのものに損害を与えうる文書を持っていて、それを売りつけようとしています。そしてわが社はそれを買いとるつもりです。率直に言って、そうせざるをえないのです……災いをこうむる危険があるからには」

「その文書というのは？」

「ご存じなのでは、ミスター・ユーズデン？」

「それはなんとも言えません」

ロンがまたデンマーク語でつぶやき、ビアギッテは眉根を寄せて苛立ちを露わにした。「その文書についてここで細かく議論するつもりはありません。本来の持ち主は、あなたのご友人の祖父のクレメント・ヒューイットソンだったとわたしたちは考えています。そうですね？」

「ええ」

「マーティー・ヒューイットソンはケルセンに文書の保管を依頼した。ケルセンはそれを盗み、わが社を敵視する記事をいくつも書いてきた記者のノーヴィと結託した。ふたりは敵と話をまとめ、あとで裏切られた。そういうことですね？」

「まあ、おおむね」

「死なずにすんで幸運でしたね、ミスター・ユーズデン」

「そう思います」

「わが社にとっても幸運でした。あなたはその文書を見てらっしゃるんですから。それが原物かどうかはおわかりになりますね？」

「ええ。それが何か？」

「敵は偽物を売りつけようとするかもしれません。フェアな取引で応じるとはかぎらないことはすでに実証ずみですしね。わたしたちには、本物だと証明してくれる人が必要なんです。つまり、あなたが」

「ぼくは文書を目にしたにしても、じっくり見てはいません。すべて揃っていたかどうかも確信はない」

「最善を尽くしてくだされぱいいんです。頼める人はほかにいません」

「つまり、相手がケルセンとノーヴィにしたことをまた繰り返すかもしれない危険を承知で敵地へ乗りこむよう、強要できる人間はほかにいないと」

「それはちょっとちがいます。ケルセンとノーヴィは売る側でした。わたしたちは買う側です」

「気のきいた区別だ」

「重要な区別です。それに、敵もこれ以上人手を失いたくはないでしょう。昨夜の……人目につく失態で……懲りているはずです」

「ぼくもじゅうぶん懲りていますよ」

「それはよくわかります、ミスター・ユーズデン。あなたを巻きこむのを申し訳なく思っています。ほかに選択肢がないのが残念です」

「こちらには選択肢があります。どこのだれともわからないならず者の集団よりも、警察を相手にするほうを選ぶかもしれない」

「それはお勧めしません。あなたのお仕事を考えればね、ミスター・ユーズデン。年金のこともです。それに、不安な数ヵ月を過ごすことになりますよ。どんな嫌疑を受けるのか――あるいは有罪となった場合どんな宣告を受けるのか、とね。わたしたちはずっといい取引を申し出ているんです」

「そうは聞こえませんね」

「まだ最後までお話ししていませんから。お願いしているのは、人気《ひとけ》のない真夜中の埠頭へ文書を取りにいくようなことではありません。取引は万全を期した環境でおこなわれます。危険はありません」

「言うのは簡単だ」

「その証拠に、ある者を取引に同行させます」

ユーズデンはもしやという顔でロンを見やった。「だれを?」

「わたしじゃない」ロンが言う。

「ミョルニルがこの件に結びつけられては困るのです、ミスター・ユーズデン」ビアギッテは言った。「否認できる余地を残しておかなくては」

トルマー・アクスデンは部下のしていることを知っているのだろうか。ユーズデンはその点にまだ確信が持てなかった。ビアギッテ・グリュンは、ミョルニルのために動いているのだとことさらに強調していた。おそらく、会社の利益とその創設者の利益とを厳格に区別しているのだろう。「この会話も実際には交わされていないということですね」

「お察しのとおりです」

「では、だれをぼくに同行させるんです？」

「ペニール・マッセンです」

「トルマーの元妻の？」

「はい」

控え目に言っても、予想外の答えだった。トルマー・アクスデン自身はほんとうに関知していないのかという疑惑が、これでいっそう深まった。「なぜ彼女を？」

「興味深い質問ですね。さっきおっしゃったとおり、文書の内容をよくご存じないということかしら。この損害は、ＣＥＯの家族全員に及ぶかもしれません――とりわけ息子さんに。ペニールは愛情深い母親です。子供を守りたいと考えています」ビアギッテは小さく咳払いをした。「同じ立場にいたら、わたしもそうするでしょう」

「それで、彼女に——ぼくたちに——具体的に何をさせようと？」

「ペニールにひととおり説明しました。必要なときが来れば、お知りになりたいことはすべて彼女から聞けます」

「すばらしい」

「この件には第三者を極力かかわらせないようにするべきだと、エリックが申しているのですが」

「どういうことです？」

「シュトラウブ」デンマーク語ではその単語が〝下水遮断〟を意味するかのような口調で、ロンが言った。

「シュトラウブはけさオスローへ発ちました」ビアギッテが言った。「なぜだかご存じですか」

知らないふりをしても意味はなさそうだ。どこまで打ち明けてどこまで隠すべきか考えようとしただけで疲れてしまった。「街を出たのは知っていましたが、行き先は知りませんでした。なぜかと言えば、マーティーはシュトラウブをそこへ呼び出しただけで、約束を守る気があったとは思えないからです。シュトラウブに邪魔をさせないための策略だったんです。あの文書を……ケルセンから……回収するまでの」ユーズデンは肩をすくめた。「いろいろと予定が狂いましたがね」

「シュトラウブの連れのアメリカ人、ミセス・セレストもコペンハーゲンを離れましたね」

「彼女のことは警戒しなくていいですよ」

「それについては、あなたのことばを信じるほかありませんね。ただ、シュトラウブが厄介の種だということは――そうなりうることは――おわかりでしょう」

「オスローにいるなら心配ない」

「でも、すぐにもどってくるのでは？　そしてミスター・ヒューイットソンが現れなかった理由をあなたに問いただすはずです。ですから、接触できないようにしておかなくては。〈フェニックス〉に電話をして、代理の者が荷物の引きとりと精算をすると伝えていただきます。こちらでだれかを行かせますので」

「それで、どこへ向かえばいいんです？」

「今夜、ストックホルムへ。ヤアアンが空港までお送りします。そこから列車に乗ってください。マルメで乗り換えが必要なので、そこで荷物を受けとれるよう手配します。今夜はストックホルムのホテルを予約しておきました。ペニールは、あす車で現地入りして、あなたと落ち合う予定です。そのあといっしょに夜行フェリーでヘルシンキへ行っていただきます」

「ヘ、ヘルシンキ？」

「はい。取引はそこで月曜におこなわれるんです」

「だが、ヘルシンキにはトルマーがいる」

「ええ。あからさまな脅しです。もしわたしたちが敵の条件に応じなければ、文書は即、フィンランドのメディアの手に渡ります。そうなれば、CEOは——そしてわが社も——苦しい立場に追いこまれるでしょう」

「現地を離れるようトルマーに警告しなくていいんですか」

「CEOがそこにいることも条件のひとつなんです」

「本人は知らないんでしょう？」

ロンがポケットから封筒を引っ張り出し、テーブルに叩きつけた。「きみの渡航書類だ」それがユーズデンの望む質問の答えだと言わんばかりに、つっけんどんに言う。

「フィンランド航空のビジネスクラスのチケットもはいっています。火曜日の、ヘルシンキからロンドン行きの便の」ビアギッテが言った。「そのころにはこの件も無事に片づいているでしょう」

「確信があるんですか？」

「大いに」

「ほんとうに？」

「ほんとうです」

ユーズデンはため息をついて封筒を見おろしたのち、ビアギッテに視線をもどした。「そうだといいんですが」

「ご協力に感謝します、ミスター・ユーズデン」ビアギッテはもう一度、雲の隙間から覗くひと筋の陽光のような、はかない笑みを見せた。「ではそろそろ……行動を開始して、予定の列車に乗っていただきましょう」

ストックホルム

32

「もしもし」

「リチャード？　ひと晩じゅう電話を待ってたのよ。どうなってるの？　ホテルにかけたら、きょうの午後チェックアウトしたって言われたわ」

「それは事実だ」

「いまどこにいるの？」

「ストックホルム」

「なんですって？」

「説明できないんだ、ジェマ。コペンハーゲンを離れなきゃならなかった。ロンドンへもどったら、かならず説明する。だが、いまはだめだ。事情が——」

「そんなふうにコペンハーゲンを離れるなんて、どういうつもり？　マーティーのことはどうするのよ」

「ぼくがしてやれることは何もない」

「あるに決まってるでしょう。いろいろ手配が必要なのよ。リリー叔母さんが知らせを聞いて動転してる。遺体がいつ、どんな形でイギリスに搬送されるのか知りたがってるわ。できればワイト島に埋葬したいって」

「できるんじゃないかな。わからないけど」

「でもリチャード、あなたは現地にいるのに——じゃなくて、いたのに。病院にはなんて言ってきたの？」

「何も」

「い、何も？」

「マーティーは大聖堂で死んだ」

「知ってるわ。それが——」

「バブーシュカの予言どおりに」

「だれ？」

「バブーシュカ。覚えてないかい？　七六年の九月に、パリのロシア正教大聖堂でぼくたちが会ったおばあさんだよ」

「そんなの、どうでもいいじゃない。気にするべきは、いまここにある問題よ」

「それほど単純ならどんなにいいか」

「お願いだからしっかりしてよ、リチャード。なぜストックホルムなんかにいるの?」

「命令で、かな」

「命令?　いったいどういう——」

「これ以上は話せないんだ、ジェマ。必要な手配はきみが引き受けてくれ。ぼくには何もできない」

「ばか言わないで。これは——」

「すまない」

ユーズデンは受話器を置いたあと、一分ほど電話を見つめていたが、やがて立ちあがって窓辺へ向かった。ガラスの引き戸をあけ、バルコニーに出る。外は寒くて静かで、ストックホルムの街明かりが、動きのない夜気のなかで明るく輝いていた。ジェマとの会話をもっとうまく運ぶべきだったのはわかっている。けれども、疲れと哀しみと怒りのせいで、自分の態度をどうにか弁明しようという気も失せていた。ジェマとはそのうち折り合いをつけられるだろう。そうしなくてはならない。だがいまは……

いつしか、寒さで体がこわばっていた。ユーズデンは室内へもどり、引き戸を閉めた。列車のなかで何度かまどろんだせいか、疲れてはいるものの、ベッドにはいっても眠れそうになかった。階下のバーへ行くことにした。無個性なホテルでひとり、友かなかった。

日曜の朝は、晴れ渡った空と凍てつく寒さとともにやってきた。ホテルの厚い二重ガラスの向こうをまぶしく眺め、目の青痣の奥で疼く頭痛をブラックコーヒーでなだめながら、ユーズデンは、どうすればこんな状況に陥らずにすんだのかとくよくよ考えた。つまるところ、ロンドンを離れさえしなければ、確実に避けられたはずだ。しかし、それがわかったところでどうしようもなかった。

ペニール・マッセンは、午後四時四十五分のヘルシンキ行きのフェリーが出る一時間ほど前に到着する予定だった。つまり、ユーズデンは半日ほど時間をつぶさなくてはならなかった。その気があれば、観光気分を味わうこともできただろう。冬の日曜日、白と金に彩られたストックホルムのたたずまいは美しかった。港は凍り、人々は氷の上をそぞろ歩いている。その笑い声を聞きながら〈シェラトン・ストックホルム〉を出たユーズデンは、橋を渡ってガムラ・スタンを訪れた。その旧市街で、淡褐色の漆喰塗りの家々に金色の日差しが降り注ぐさまを目にした。しかしどんな音も光景も、ほとんど胸に刻まれなかった。昨夜はマーティーが夢に出てきた。マーティーは元気に生きていて若々しく、自分が死んだという話を意地の悪い噂だと笑い飛ばしていた。だが、朝が来て夢は打ち消された。噂はほんとうだった。そして、その事実はトップニュースさながらにユーズデンの心を占めていた。

一時間以上も漫然と歩きまわったユーズデンは、くたびれて冷えきっていたため、バーが開店しているのを嬉しく思った。スウェーデンというよりアイルランド風の店に腰を落ち着け、デンマークのビールを飲みながら、ワイドスクリーンの店内テレビで、ほとんどだれも観ていないアイスホッケーの試合を眺めた。覚悟を決めて携帯電話のメッセージをチェックする。昨夜、憤激しながら眠りについたジェマが、目覚めてもなお気がおさまらず、ユーズデンに改めて責任を説こうとしたかもしれなかった。この状況にしては意外なことに、ジェマからのメッセージはなかった。ただ、バーニー・シャドボルトが携帯電話の番号を残し、折り返し連絡するよう強い口調で求めていた。そうする気はなかったけれど。

それにくらべ、もう一件のメッセージは無視しがたいものだった。レジャイナ・セレストに番号を教えたことをいまでは後悔していた。そのときはたいした問題に思えなかった。しかし、あらゆる判断が裏目に出た。どんな判断も、その後の成り行きで覆されうるのだ。

「こんにちは、リチャード。レジャイナよ。お察しのとおり、この大陸で使える携帯電話を手に入れたの。だから電話をもらえる？　ヴェルナーの件がどうなってるか聞きたいし、ハノーファー遠征のこれまでの収穫も知らせたいから。すぐに連絡がもらえなければ、ホテルにかけてみるわね。じゃあまた」

ユーズデンはビールを飲むピッチを落とし、落ち着いて理性的に考えようとした。レジャイナに番号を教えたのは、実のところ、なかなかいい判断だったかもしれない。彼女がもし〈フェニックス〉に電話をして、ユーズデンがチェックアウトしたことを知ったら、コペンハーゲンへ飛んで帰ってきて行方を捜しはじめるだろう。なお悪いことに、シュトラウブとまた手を組む可能性もある。ユーズデンの現状について、ふたりに多くを知られないに越したことはない。レジャイナにはしらを切ったほうが絶対によさそうだ。メッセージが残されてから三十分もたっていないから、まだ〈フェニックス〉には電話していないと見てまちがいない。このあともそうさせないよう、先手を打つことにした。

「あら、リチャード。さっそく連絡をありがとう」
「いや、いいんだ」
「そちらの状況はどう？」

「進展なし。ヴェルナーは姿を消したままだ」

「マーティーも、ってこと？」

「ああ」ユーズデンはつとめて何気ない口調で答えた。「マーティーも見つかっていない」

「じゃあ、要するに暇を持て余してるわけね」

「まあね」

「でも幸い、わたしたちのうちひとりは忙しくしてたわよ。ヴェルナーとマーティーは悔しい知らせを聞かされることになるわ。このわたしのせいでね」

「どういうことだい？」

「ハンス・グレンシャーから、ゲシュタポ文書のコレクションを思い切って買いとったの。あすの朝、彼の銀行口座にお金が振り込まれしだい、譲ってもらえることになってる。つまり、ほんとうにほしかった唯一の物が手にはいるの。ベルリンからの命令で一九三八年にハノーファー警察が採取した、アナスタシアの指紋。それこそが、ヴェルナーが大騒ぎしてた魅惑の品なのよ。もちろん、実際に照合できればだけど」

「わからないな。何と照合するんだ？」

「アナスタシアの一九一八年以前の指紋とよ。まだぴんとこない、リチャード？　マーティーのお祖父《じい》さんがそれを入手してたはずなの。いきさつは見当もつかないけど、ともかくなんらかの手段で。採取されたのは、一九〇九年に皇帝一家がカウズに滞在していたときよ。クレム・ヒューイットソンはそれを大切に取っておいたはず」

そんなことがありうるだろうか。クレムは皇帝のヨットの上でアナスタシアに会ったと話していた。アナスタシアのふたりの姉、オリガとタチアナの暗殺を阻止したことへの感謝のしるしに、皇帝と皇后から乗船を許されたと。そんな折に、どこでどうやって指紋を採取することができたのか。その技術自体、エドワード七世時代にはまだ揺籃期にあったはずだ。一九〇九年のロシアでは、おそらくまったく知られていなかっただろう――その点はレジャイナもよく考えたにちがいない。

「おかしな話よね？　ワイト島の警官がロシア皇女の指紋を採るなんて。どうしてそんなことになったのか、想像もつかない。だけど、事実だとしてみましょう。たとえば、英国警察の科学捜査はこれほど進んでいるんだと自慢していたヒューイットソン巡査が、アナスタシアの指がインクで汚れているのに目をつけて――子供時代から汚し屋と言われてたから――即興で指紋採取の実演をしてみせた。で、ロシア皇族とふれ合った記念に、ずっとそれを持っていた、とかね。それが一九三八年の指紋と一致すれば……わたしたちはたいへんな鉱脈を掘りあてたことになるわ」
一、致すれば。気の毒だが、レジャイナにそれをたしかめる機会は訪れないことをユーズデンは知っていた。そして、胸にはどろどろとした疑問が渦巻いていた。この件のどこにトルマー・アクスデンがからんでくるのか。トルマーとアナスタシアとのつながりはなんなのか。ホーカン・ニューダルがクレムに書き送った大昔の手紙が、なぜトルマーに損害を与えうるのか。

「だから」レジャイナは朗らかにつづけた。「ヴェルナーはマーティーと好きに話をつければいいわ。遅かれ早かれ、ふたりはわたしと取引せざるをえなくなる。双方とも、アナスタシアの主張の立証に必要なものを持ってるんだもの。今週のうちにも、指紋がDNAを打ち負かすわ。でもそれができるのは、一致したふたつの指紋だけ。わたしたちのあいだで、なんらかの取り決めをしないとね。それか、あなたのお友達を説き伏せて、ヴェルナーを完全に締め出してくれてもかまわないわよ。だって、まさにそうされて当然の男だもの。どうかしら、リチャード。やってみる気はある？」

　レジャイナが電話を切ったあと、自分がどう返答したのか、ユーズデンはよく覚えていなかった。ユーズデンはいまや自分の強い味方だと、相手が脳天気に思いこんでいるおかげで、適当にことばを濁すだけで事足りた気はする。グレンシャーとの取引が完了したらすぐ、レジャイナはユーズデンが待っていると信じてコペンハーゲンにもどってくるだろう。哀れなるかな、何百キロも遠出して手に入れたアンナ・アンダーソンの指紋が、まるで意味のないものだと知ることになるのだ。それが照合されることは決してないのだから。

むなしい結果につながるだけだと思いつつも、ユーズデンは好奇心を抑えきれなかった。ペニール・マッセンを待つために〈シェラトン〉へもどり、チェックアウトのあとコンシェルジュに預けておいた鞄を引きとった。バーにはいってコーヒーを注文し、ブーガー作成のニューダル家とアクスデン家の系図を鞄から取り出す。一九一八年十二月に男児を出産したというアンナ・アンダーソンの主張を記憶していたので、ピーダ・アクスデンがその息子ではありえないことを確認したかったのだ。予想は当たっていた。事実確認に関しては絶対の信頼がおけそうなブーガーの系図によると、ピーダ・アクスデンは一九〇九年生まれとなっていた。九歳のちがいはごまかせるものではない。ピーダはアナスタシアの息子ではなかった。ふたりのあいだにはなんの関係もない。それでも、関係はあるのだ。なくてはおかしい。しかし、いったいどんな——

「リチャード・ユーズデンさん？」

軽く抑揚のついたその声は、背後に立っている女性のものだった。歩み寄ってくる音には気づかなかった。黒のコートとブーツに身を包み、クジャク柄のスカーフを首に巻いている。ブロンドのスカンジナビア人とはかけ離れた容姿だ。濃い褐色の髪と瞳に、赤みのない白い肌。目鼻立ちは繊細で、かすかに眉根を寄せながらも、ピンクの口紅を塗った唇におずおずとした笑みをたたえている。

「ペニール・マッセンです」

33

「それをどこで手に入れたの?」ペニールが尋ねた。ユーズデンの膝に載った紙切れを指さしている。「それに、なぜわたしの名前が書いてあるの?」

「見ていいですよ」ユーズデンは立ちあがってその紙を手渡した。「カーステン・ブーガーという名前に聞き覚えは?」

「あるわ」それだけ言って、家系図をじっくり眺めたのち、ユーズデンに返した。

「彼が作ったの?」

ユーズデンはうなずき、遅ればせながら手を差し出した。ペニールが心持ち大きく顔をほころばせた。握手を交わす。「コーヒーでもどうですか」

「いただくわ。長いドライブだったから」ペニールはコートを脱いでスカーフをはずしたが、その下のウールのセーターとカーディガンも、スカートも、光沢のある太いベルトもすべて黒だった。色みがあるのはペリドットのネックレスぐらいで、ふたりで腰をおろすと、彼女はそれを指でもてあそびはじめた。

コーヒーを手にしたウエイトレスが近づいてきていた。ユーズデンは合図をしてペニールのもとへそれを運ばせ、自分のお代わりも頼んだ。

「それ、痛むの？」ユーズデンの額の傷をしかめ面で見つめて、ペニールは尋ねた。

「笑うときだけ。ここしばらく、あまり笑うことはなかったけれどね」

「ビアギッテからお友達のことを聞いたわ。お気の毒に」

「お気遣いどうも。ほかには何を聞きました？」

「必要なことはすべて」

「じゃあ、ぼくが知る必要のあることも、これから話してもらえるんですね」

ペニールはコーヒーを口に運んだのち、妙に心地よい静かなまなざしをユーズデンに向けた。「ミョルニルの元社員で、いまは退職したオスモ・コスキネンという人物と、ヘルシンキで落ち合うことになっています。受け渡しの段取りをつけているのも彼。わたしが知っているのはそれだけよ」

「そんなはずはない」

ユーズデンはブーガーの家系図から、ペニールは四十代後半だと知っていたけれど、このときすでに、その年齢より若いような老けているような、相反する印象を受けていた。脆さと強さ、不安と自信が彼女のなかで共存していた。トルマー・アクスデンとの結婚は、消えない傷を残す経験だったようだ。

「ホーカン・ニューダルがクレム・ヒューイットソンに送った手紙があなたの元夫の何を暴くのか、ぼくにはわからないが、あなたにはわかるはずだ。だからここにいる」

「そういうわけじゃないわ」

コーヒーのお代わりが運ばれてきたので、ペニールは口をつぐんだ。ウェイトレスがふたりのあいだに立ったとき、ペニールが店内にすばやく目を走らせるのをユーズデンは見ていた。彼女は怯えていた。何を恐れているのかはよくわからないけれど、長年そうしてきたのだろうという気がした。

ウェイトレスが立ち去った。ペニールは唇を固く結び、やがてユーズデンに視線をもどした。「わたしにわかるのは……今回引きとる予定の文書がメディアの手に渡った場合……トルマーは破滅するということだけ。なぜかは知らないし、知りたくもないわ。でも息子のミケルのことは……トルマーとのどんないざこざよりも……わたしにとっては重大事なの。お子さんはいるの、リチャード？」

「いない」

「それは幸運かもしれない。成長して、変わっていく子供を……ときには自分を憎んでいるように思える子供を……過剰なほど深く気にかけるなんてことは……しないですんだほうが楽だもの。だけど、それが母親の宿命なの。ミケルのことはいつだって心配してる。あの子は父親みたいに強くない。耐えられないのよ……重圧に。いつかはミョルニルの経営に加わる気でいるし、トルマーを……偉大な人間だと思っている。たとえ無理でも、父親のようになりたがってる。もしトルマーが破滅したら、ミケルはどうなってしまうかしら。そんな行く末は知りたくないの」

「それが成長のきっかけになるかもしれない」

「いいえ。ならないわ。それはたしかよ」

「息子さんのために、たいへんな危険を冒すんだね」

「わたしのためでもあるのよ。破滅したトルマーは……危険な存在になるはず。それに、大きなリスクはないとビアギッテが言っていたし。取引相手の望みは……たんにお金なんでしょう。それならミョルニルはたっぷり持っているわ」

「いくら払う予定なんだい？」

「それもまた、わたしが知らなくて、知りたくもないことのひとつよ。わたしたちはコスキネンからお金を受けとって、ビアギッテの言う〝敵〟に、安全の確保された場所でそれを引き渡す。相手は例のアタッシェケースを持ってくるから、あなたがその中身をたしかめて、取引は完了。そこであなたとはお別れ。おたがい、元の生活にもどれるわ」

「簡単に聞こえるな」

「簡単にいかない理由がある？」

「トルマーがこの件を関知してないことは、気にならないのかい？」

「ビアギッテ・グリュンは、トルマーの利益を本人以上に図れる人よ。冷静で、抜かりなくて。トルマーは……脅迫されたと知ったら、きっと激怒する。そうなったら……」ペニールはコーヒーをもうひと口飲み、またネックレスをもてあそんだ。「このほうがいいのよ」ユーズデンにというより、自分に言い聞かせるようにつぶやく。「ずっといい」

スタッツガードハムネン港にあるヴァイキング・ラインのターミナルまでは、車ですぐの距離だった。ガムラ・スタンへ至る橋を渡るあいだ、沈みゆく太陽が、凍った港に長い影を投じていた。ペニールが車のサンバイザーをおろしたとき、その裏に写真が貼ってあるのにユーズデンは気づいた。にっこり笑った十二、三歳の金髪の少年――太陽が照りつけるたびに母がそこで再会する、覚えておきたいミケルのスナップだった。

ペニールはＢＭＷを静かに停止させ、フェリー乗り場の列についた。青みがかった灰色の夕闇が港を包みはじめていた。ペニールはドアポケットからチケットのはいったフォルダーを取り出し、中身を確認したあと、またもとにもどした。出発を目前にして緊張しているようだ。

「帰りはこの街に寄ってショッピングでもするつもり」ペニールは言った。「ふつうの感覚を……取りもどすために」

「いい考えだ」

「あなたもそのころにはロンドンにもどっているわね。そちらの生活もふつうにもどる」

「だろうね」

「確信がないみたい」

「正直なところ、ふつうの生活がどんなふうだったかよく思い出せないんだ」

「どんな感じで協力を頼まれたの？　ミョルニルに、ってことだけど。わたしは息子のために来た。あなたはなぜ来たの？」

「ほかの選択肢は与えられなかった」

「思ったとおりね」ペニールはハンドルを握った手を滑らせた。「わたしも以前、ミョルニルに勤めていたの。それでトルマーと出会った。表面上は、理想的な会社よ。いいお給料と勤務条件。健康保険。育児支援。年金。それ以上望めないくらい」

「表面下では？」

「すべてを統制するの……選択肢を奪って……ミョルニルが求めることだけをさせる」

「あるいはトルマーが求めることだけを」

「同じことよ」

「今回はちがう」

「そのようね」

「なぜトルマーと結婚したんだい」

「わたしが若かったせいね。彼は……有力者で、お金持ちで、魅力的だった。そう、とびきりの魅力があった。愛してたわ。自分も愛されてると信じてた」

「そうじゃないとわかったのはいつ？」

「ミケルが生まれたとき。トルマーがわたしに求めていたのはそれだけだった。跡取り息子よ。それが手にはいったとたん彼は……わたしの存在を人生から消し去ったわ」

「いま、またそこにはいりこんだわけだね。本人はそれを知らないにしても」

日は沈んだが、西の空をまだ夕焼けが染めるなか、〈ガブリエラ〉号は埠頭をゆっくりと離れ、艶のない白い氷上を這う濃灰色のヘビのような航路をたどりはじめた。

ユーズデンは寒さに強い乗客らとともに甲板に残り、船が港を移動するにつれて徐々に表情を変える街の景色を眺めた。ペニールはすでに船室へ引っこんでいた。あとで夕食をいっしょにとることになっている。この旅に連れがいてよかったと――ほんとうによかったと――彼女も思ってくれているだろうか。

バルト海

34

ペニールは皿の上のサーモンにおざなりに手をつけ、ワインを少し飲んだ。食事にも会話にも、あまり欲求が湧かないようだった。船酔いのせいというより、このあとに控える大事への不安のせいだろうとユーズデンは思った。アタッシェケースとミョルニルの金との交換が、ほんとうに周囲の予見どおり、簡単ですぐに終わる、わけでも安全な取引なのかどうか、ふたりには知りようがなかった。ほかの者たちはしょせん、現場へ赴くわけではないのだ。

「気休めになるかどうかわからないけど、ペニール」ユーズデンはあえて言った。「すべてうまく運ぶと思うよ」

ペニールは一瞬だけ微笑んだ。「きょうの午後に言ってたこととちがうわ」

「あれからよく考えてみたんだ」

「そうなの？　わたしもよ。そして、あなたの言うとおりだと思う。敵はお金がほしい。ミョルニルは文書がほしい。わたしたちはただの……メレムメニ――仲介役――

にすぎない。引き渡しに関しては心配してないわ」

「じゃあ、ほかに心配なことが？」

「さっきターミナルであなたが言ったこと。わたしはトルマーの人生にまたはいりこんだ、本人はそれを知らないにしても。でもきっと知れるわ。いつかは。最後にはすべてを知られてしまう」

「そのときにはもう問題じゃなくなってるさ」

「トルマーを知らないからそう言えるのよ。いつになろうと安心はできない」

「なんだか……彼を恐れているようだね」

「心理療法士にもそう言われたわ」

「ほんとうに？」

「ええ、そうよ」ペニールは薄く微笑み、その明白な事実にたじろぐようにかぶりを振った。「問題は、その恐れが……わたしの抱えてる、何か別のものに起因するんじゃないかってこと。それが心理療法士の見立てよ」

「心理療法士っていうのはたいがい、そういう見立てをするものじゃないかな」

ペニールは笑った。「なぜわかるの？　あなたはセラピーを受けたことないでしょう」

ユーズデンも笑おうとしたが、とたんに自分の先刻の発言が正しかったことに気づいた。目の上の傷は案の定、笑うとずきずき痛んだ。「どうしてそんなふうに言い切れるんだい？　ぼくのことをほとんど知らないのに」

「一目瞭然よ。自分を見てごらんなさい、リチャード。白人で、高給取りで、ホモセクシュアルでもない、中年のイギリス人男性。幸せな家庭。立派な教育。安楽な生活。心理療法士といったいなんの話をするの？」

「離婚の話かな。その項目が抜けていたね」

「それはとっても……よくあることだもの」

「きみのはちがうのかい」

「表面上は、よくある離婚ね」

「どういうことだい？」

「トルマーはわたしにたっぷり手当を払って、放っておいてくれてる。でもそれは、呼び鈴が鳴るたびに怯えなきゃいけないってことなの。夢に見るせいで忘れようにも忘れられない……あの顔つきで……彼がそこに立ってるんじゃないかと」

「トルマーは暴力を振るうのかい、ペニール？」

「殴られたことはないわ。一度も。でも感じてた……もし彼が手をあげたら……決してすぐにはおさまらないだろうって」ペニールはワインをごくりと飲んだ。「なぜこんなことをあなたに話してるのかしらね。心の内をさらけ出すことなんて……めったにないのよ。あなたもそうだと思うけど」

「ぼくにはたぶん、さらけ出すものが何もないんだ」

「だれにだってあるわ。わたしの心理療法士によれば、たくさんね」

「考えたことはないのかい……再婚を」

「一度ある。数年前に。いい人だったわ。でもだめになったの」つかのま沈黙が落ちる。やがてペニールはつづけた。「なぜだめになったのか聞きたい？」

「きみが話したいなら」

「相手が死んだの。夜に、車の衝突事故で」ペニールはユーズデンをまっすぐ見据えた。「何か思い出さない？」

「もしや……」

「離婚が成立したとき、トルマーに言われたわ。この先、ほかの人と永続的な関係を結ぶのはやめておけと。たんなる……忠告だと思ってた。でもポールが死んだとき、思い出したの……トルマーの言うことは、つねにことばどおりの意味だってことを」

「まさか、そんな」

「事故じゃなかったという証拠はないわ。何ひとつ証明はできない。だけど……わたしにかかわった人を死なせるようなことは、もう二度としないつもりよ」ペニールはナイフとフォークを揃えて置いた。「もう食べられない。よかったら、わたしの船室でワインを空けてしまわない？　ミョルニルがスイートを取ってくれたの。スペースを有効活用したほうがいいわ」

ペニールのスイートは、ユーズデンのせま苦しい一人用船室とは大ちがいの豪華さだった。ミョルニルはCEOの元妻と部外者の処遇に著しく差をつけていた。カーテンの引かれていない傾斜した窓からは、船首の向こうの、冷たく静謐な夜のバルト海が見える。快適にしつらえられた居室は、パーティーを開けるほどの広さがあり、無料サービスのシャンパンのボトルが、すでに氷の溶けたワインクーラーにわびしく放置されていた。

「食堂を出るのを急かしてごめんなさい」ふたつのワイングラスを満たしながら、ペニールが言った。「急に気になって……あれこれしゃべりすぎたんじゃないかと……人目のある場所で」

「きみを知ってる人間がいないか不安になったのかい？」

「いいえ。でも……」ペニールはグラスを喉もとで揺すりながら、外の闇を見つめた。「ストックホルムまで車で来た理由のひとつは、確実に尾行を避けるためだったの。そのしるしがあればわかるわ。あの連中のことはよく知ってるから。トルマーのスパイはこの船には乗ってない。わたしたちの行動については知らないはずだし。それでも……」

「いつごろからそんなふうに用心してきたんだい？」

「ポールが死んでから」

「それはどのくらい前のこと？」

「七年前よ」

「気の毒に」

「何が？」

「恋人との死別も、長年の不安も。トルマー・アクスデンと離婚するとろくな目に遭わないらしい」

「彼と結婚しているよりはましよ。それは請け合うわ」

「終わりにしたのはいつ？」

「彼がミケルを……コストゥスコーレへやったとき。ええと、子供たちが共同生活を送る学校のことよ」

「寄宿学校だね」

「そう。ミケルは十二歳だった。その学校は、ユトランド半島の北の、オールボーの近くにあったの。わたしたち一家は、オーフスからコペンハーゲンへ引っ越したばかりでね。そのころを境にすべてが変わってしまった。トルマーは……ますます気難しくなった」ペニールは苦笑いした。「そのとき、自分のしたいことをしようと決めたんだと思うわ。それでわたしは……相手にされなくなった」

「トルマーは何をしたかったんだい？」

「わからない。彼は秘密だらけの人なの、リチャード。秘密を抱えこんで、それを楽しんでる」

「みんながこう考えているようだね。ぼくたちがこれから買いとるものは……その秘密のなかでも最大のものだと」

「たぶんそうなんでしょう」

「トルマーの父親にまつわるものだってことは、きみも知っているね」

「ええ。あの一家は……昔から謎に包まれてた。謎の正体を知ってるのはトルマーひとりよ。ラースは知りたがってる。エルサは知らずにいようとしてる。でもトルマーだけは知ってるの。ただ、ミケルにはいつか話すつもりなんじゃないかしら」

「跡取り息子だから」

「そうよ。わたしにはそれも恐ろしいわ。ミケルが……秘密の次の守り手になるなんて」

「その秘密はロシアと関係がある。それもきみは知っているんだろうね」

「ええ、知ってる」ペニールは悲しげに言った。「トルマーと最後に暮らした家はクランペンボーにあったの。そこの庭からは、ヴィドゥアが見えた。あそこが見えるからこの家を選んだんだろうって、ラースがトルマーに言ってたわ。ラースは廷臣だった大叔父のホーカン・ニューダルの話をしてくれた。自分よりもわたしのほうが、トルマーからいろいろ聞き出せると思ったらしいの。やってみたとしても、無理だったでしょうけど。トルマーからあれこれ聞き出すなんて、だれにもできない。本人が話そうとする以上のことはね。それだって決して多くはないわ」ペニールはワインを飲み干し、グラスをテーブルに置いた。「甲板に出ない？　こんな……黴くさい話をしたあとだし、新鮮な空気が吸いたいの」

「外はきっと凍えるほどの寒さだよ」

ペニールは笑顔でうなずいた。「素敵。いまの気分にうってつけだわ」

甲板の上は、まさに凍てつく寒さだった。そして、その悪条件をものともしない乗客は、ふたりのほかにはだれもいなかった。上空は、ユーズデンがこれまでに見た記憶がないほどたくさんの星に覆われている。寒気は凛として、ほとんど目に見えるようだ。足の下で船のエンジンが低くうなっている。どちらを向いても、青灰色の海氷が亡霊のごとく漂っている。

「ここではすべてがとても単純に見える」ペニールが言い、白い息を吐きながら天を見あげた。「星と、海と、進む船。でも、ずっとこんな世界にはいられないのよね。あすにはヘルシンキに着いてしまう」

「前に行ったことがあるのかい」ユーズデンは尋ねた。

「いいえ。トルマーが仕事でよく行っていたけど、わたしを連れていくことはなかった。あの街にアパートメントを持ってるのよ。デンマークの外にある彼の唯一の拠点ね」

「トルマーはクランペンボーの家をまだ持っているのかい？」

「いいえ。離婚のあと手放して、田舎へ引っ越したわ。ヘルシンオアの近くに土地と屋敷を買って。素敵なところだって――噂に聞いてる。あのままいっしょにいたら……わたしは領主夫人になっていたかもね」

「けど、なりたくはなかった」

「絶対におことわり。わたしはいまの……街なかの小さなアパートメントが気に入ってる。いろんなお店にも、勤め先にも近いし」

「勤め先というのは？」

「ウーデネ・アフリカという援助団体で人事部長をしているの。活動内容は、アフリカ各地に教育機器を送ること……どこへでも必要なところに。現実には、ほぼ全土だけれど。アフリカには行ったことがある、リチャード？」

「ケープタウンは数にはいるかい？」

「だめね」

「じゃあ、ないな」

「行くべきよ。ブルキナファソの教室に立って、子供たちの顔を見ていると……ようやく……ほんとうに意義のあることをしているって思えたわ」

「すばらしい気分だろうね」

「ええ。あなたも味わってみるといいわ。ロンドンで外務省にお勤めだってビアギッテは言ってたけど、そうなの？」

「なんの因果か」

「勤めてどのくらい？」

「三十年近く」

「あなたみたいな経験を持ってる人が、ウーデネ・アフリカにいてくれると助かるんだけど」

「ぼくに仕事を提供しているのかい？」

「人生を変えるチャンスを提供しているのよ。でもたぶん……変えたくはないでしょうね」

「実は、変えたいと思ってる。かなり切実に」

「だったら、電話をちょうだい……この件が片づいたら」

ふたりはペニールのスイートの前で、静かにおやすみを言って別れた。たまった疲れとはかない希望に軽いめまいを覚えながら、ユーズデンは下甲板の船室へ向かった。ペニール・マッセンは、本人がはっきり示したとおり、深入りするには危険な女性だ。彼女の提案を、新たなキャリアを切り開く機会以上のものと考える理由はなかった。とはいえ、ふたりの関係をあすで終わらせる必要はないとわかって、気分が高揚しているのは否めない。相手も同じ気持ちかどうかは自信がなかったが、それでも、胸の高ぶりはなかなかおさまらなかった。

ヘルシンキ

35

ヘルシンキは降り積もったばかりの雪で白一色と化し、雪に覆われた海氷と陸地とを分かつ海岸線が、よく見分けられなくなっていた。のっぺりとした大空をまだらの雲が覆い、薄く差す冬の光はどこまでも澄んでいる。フィンランドの冬の朝には、音さえもが鳴りをひそめている。〈ガブリエラ〉号は十時に埠頭に着いた。十時三十分には、ヴァイキング・ラインのターミナルからほど近い、倉庫を洒落た感じに改造したホテル〈グランド・マリーナ〉で、ユーズデンとペニール・マッセンはチェックインをすませた。ミョルニルの元社員、オスモ・コスキネンがそこでふたりを待ち受けていた。

七十がらみのその男は、たるみの目立つ悲しげな顔としょぼついた目を、満面の笑みで補っていた。白髪はぴったりと撫でつけられ、長年の忠節で身についた腰の低さを感じさせる。動くとひらつく茶色のスーツは、もっと体重があったころの愛用品のようだ。青白い顔色と手や声のかすかな震えから察するに、健康状態はあまり思わしくなさそうだ。それでも、ミョルニルのフィンランド支社の元上級職員として、目下の仕事に必要な客観性と信頼性を申し分なく兼備していると見なされたらしい。

港に面したペニールのスイートルームでコーヒーを飲みながら、コスキネンはその点をさりげなく認めた。「ミズ・マッセン、それからミスター・ユーズデン、ビアギッテ・グリュンからあなたがたのお世話をするよう依頼されました。もう隠居の身ですが、ミョルニルはまだときおり……特殊な仕事に……わたしを使ってくれます。おふたりがこのあとお会いになる相手と、会社がどういう取り決めをしたのかは知りません。知る必要がないのです。ですが、ビアギッテから頼まれた件はすべて手配しました。ただ、まずはお詫びをしなくてはなりません。おふたりには〈カンプ〉に宿泊していただきたかった。ヘルシンキの、最高級にして最も歴史あるホテルです。それに、できれば街の観光名所にもご案内したい。生まれてからずっとここで暮らしていますのでね。しかし会社から言われておりまして……決して人目につかせないようにと。フェリー・ターミナル近くのホテルにお泊めして、不要に動きまわらせないこと。そういう指示を受けております。そんなわけで、遺憾ながら、命令どおりにさせていただきます」

「お気になさらず、ハー・コスキネン」ペニールが言い、コスキネンの背後の港に視線を投じた。「ここへは遊びにきたわけではありませんから」

「ええ。残念なことです。でもしかたがないですね」

「ほかにはどんな手配を？」ユーズデンは尋ねた。

「そうでした。ご説明します。支払いは米ドル建ての無記名債券ですることになっています。額面は存じません。それも知る必要がないのです。きょうの午後二時に、ビアギッテの使っている銀行からわたしが引きとってくる予定です。二時半にはこちらへお届けします。ダイヤル錠で厳重にロックしたアタッシェケースで。交換はムンキニエミのわたしの家で、三時半におこなわれます。住所は、ルーミティエ二七番地。しるしをつけておきました」コスキネンはヘルシンキの市街地図をテーブルにひろげた。北西の郊外のあたりに赤い×じるしがついている。「いまいるのはここです」街の反対側のカタヤノッカ半島にある、ホテルの位置を指し示す。「エリック・ロンが安全対策を講じ、この取引を監督する弁護士の手配もしています。名前はユハ・マタライネン。彼がおふたりに同行します。ケースの解錠番号は、ミスター・ユーズデン、先方の持ってきた文書の確認をあなたがすませた時点で、マタライネンに電話で知らされます。そして、ミズ・マッセンが文書を受けとり、先方が金を受けとる。それで取引は完了、全員解散です」そこでコスキネンは微笑んだ。「そうしたら、わたしはうちへもどって夕食の支度にかかります」

「このために自宅を提供してくださるなんて、ご親切なのね」ペニールが言った。

「ああ、それぐらいのことは喜んで。実のところ、あの家はミョルニルのものですから。会社からこれほど……厚遇を受けていなければ、わたしはワンルームのアパートメントで暮らしていますよ。良い雇い主というのは、良い妻に劣らず価値が……」元上司の元配偶者というペニールの立場を思い出したのか、コスキネンはことばに詰まった。きまり悪そうに咳払いをする。「まあ、そういう手筈です。万事……滞りなく運ぶでしょう」

「具体的にどんな安全対策を……エリック・ロンは……考えているんです？」ユーズデンは尋ね、ペニールと目を合わせた。彼女はコスキネンの当惑ぶりをおもしろがっているようだ。

「じゅうぶんな対策です、ミスター・ユーズデン。現場へ行けばご自分の目でたしかめられますよ」

「きっと、じゅうぶんすぎるでしょうよ」ペニールは言った。「相手がほしがっているのは、結局お金だけなんですもの」

「ええ」コスキネンは微笑んだ。「そのとおりです」

「それで二時半までは？」

「あなたにはここで待機していただきます、ミズ・マッセン。ご主人が――いえ、ハー・アクスデンが――この街にいらっしゃるので。くれぐれも……注意するようにとビアギッテから言われておりまして」

「当然ね」

「ですが、ミスター・ユーズデン、あなたには行っていただくところがあります」

「そうなんですか」

「マタライネンの事務所で、機密保持誓約書に署名していただきます。きょうの午後ご覧になる文書について……決して他言しないという内容の」

「そんなものが必要なの？」苛立ちで声をとがらせて、ペニールが言った。

コスキネンは困ったように両手を天に向けた。「決めたのはわたしではありません。拒否なさいますか……ミスター・ユーズデン？」

「したらどうなります？」

「それは……面倒なことになります」

ユーズデンはゆっくりと窓辺へ歩み寄りながら、その点についてよく考えた。ビアギッテ・グリュンがそうした手続きについてふれなかった理由は明らかだ。なるべく警戒させないほうが、つべこべ言われる確率も減る。文書がミョルニルの手中におさまってしまえば、何も証明はできなくなる。それも、デンマーク語で書かれた書簡からユーズデンがなんらかの情報を得られたとしての話で、そんなことはまったくありそうにない。紙切れに署名するなど、およそ意味のない行為だ。それを拒んでも事を複雑にするばかりで、関係者は全員、この件を複雑にしない、ことを望んでいる。

「ご異存ありますか、ミスター・ユーズデン？」

「いえいえ。喜んで署名しますよ。マタライネンの事務所には何時ごろうかがえば？」

それに対するコスキネンの答えは、これからすぐお連れしてもいいか、というものだった。そして彼は、フロントで待っていると言って部屋を出ていった。

「ビアギッテはこのことも教えておいてくれるべきだったわ」ドアが閉まるなり、ペニールが言った。

「別にかまわないよ」ユーズデンは言い、コーヒーを飲み干した。「肝心なのは、取引を円滑にすませることだ。段取りは悪くないように思えた。きみの意見は？」

「ええ。悪くないと思う」

「それに、ぼくはついてるほうかもな。きみがここに閉じこめられているあいだ、朝の街に出られるんだから」

「もどったら電話をちょうだい。わたしはお風呂にはいるつもり。気分が落ち着きそうだし」ペニールはため息をつき、両手で顔を撫でおろした。「わたし、今夜は酔っぱらう必要がありそうよ、リチャード。あなたも付き合わない？」

ユーズデンは笑顔で言った。「デートだね」

ホテルから市街まではタクシーですぐだった。コスキネンはユーズデンを相手に観光案内をはじめた。ウスペンスキー寺院（見あげると、雪をかぶったタマネギ形のドームが）。大統領官邸（列柱と三角形の切り妻壁のある大邸宅）。元老員広場（ルーテル派のヘルシンキ大聖堂、そびえ立つ姿は白いウェディングケーキのよう）。フィンランド銀行（こちらの列柱のほうが壮観）。「ミスター・ユーズデン、ご覧になっている建物のほとんどは、フィンランドがロシアの支配下にあった時代に建てられたものです。スウェーデン人から統治を引き継いで百年そこそこで、ロシア人が誇れる街を築いてくれました。われわれはお返しに何をしたでしょうか。彼らが皇帝を退位させてまもなく、反旗をひるがえしたんです。賢いと思いませんか？」

「ええ、とても。そして、サウッコ銀行はその伝統を守ってきたようですね」

「それは……どういう意味でしょう」

「ロシアと賢く手を結んでいる」

「ああ、まあ……そうとも言えますね」

「だからこそ、トルマー・アクスデンはあの銀行を買収したのでは？　サウッコと取引のあるロシア企業を手中におさめるために」

「わたしには……わかりません。それは──」タクシーが停まったのをこれ幸いと、コスキネンはいそいそ周りを見まわした。「ああ、着きました」ドアをあけて歩道におり立つ。

ユーズデンは反対側から車をおりながら、往来に目を走らせた。間近に後続車はいなかった。いちばん近くに見えるのは別のタクシーで、まだ少し離れたところからゆっくりと走ってくる。ドアを閉め、トランクの後ろをまわりながら、そのタクシーを見やった。前の座席に男の客が乗っている。ユーズデンと目が合い、男は一瞬はっとした表情を浮かべた。すぐに目をそむけ、運転手に何か言う。タクシーは唐突に方向指示器を出して右に曲がった。

コスキネンの叫び声を聞きつつ、ユーズデンはその脇道へ向かって走りだした。追いかけても無駄とはわかっていたが、そうせずにはいられなかった。そして、どこかの屋根の縦排水管周りの、凍った水たまりで足を滑らす羽目になった。歩道に肩を打ちつけ、その衝撃が額の傷にずきんと響く。われに返って起きあがるころには、灰色の薄日のなか、タクシーはほの赤くブレーキライトを点滅させながら、脇道の奥の突き当たりをまた右折していた。

「だいじょうぶですか、ミスター・ユーズデン?」コスキネンが息を切らして駆けつけた。

「ええ。あのタクシーに……知人が乗っていた気がしたんです」

「どのタクシーです?」

「いまあそこを……」コスキネンの事情を呑みこんでいない目つきを見て、詳しく説明する気が失せた。それに、いま見かけた人物の名をユーズデンが告げたところでどうなるだろう——コスキネンに何が言えるだろう。ラース・アクスデンがヘルシンキにいること自体、じゅうぶん不穏だ。ましてやこちらの動きを追われていたとなれば、不穏どころか、きわめて不吉だ。しかし、いったいどういうことなのか。これはなんの前兆なのか。いまのユーズデンにはっきり言えるのは、オスモ・コスキネンはその疑問を解いてはくれまいということだけだった。「気にしないでください。きっと見まちがいです。なかへはいりましょう」

36

ユハ・マタライネンの事務所は、周辺に連なる屋根やヘルシンキ大聖堂のドームが広い窓から一望できる、フィンランドらしい最小限主義《ミニマリズム》の聖地だった。マタライネン自身は、襟幅のせまいチョコレート色のスーツとクリーム色の襟なしシャツに身を包んでいた。細く骨張った体つきで、黒っぽい髪はさっぱりと刈りこまれ、顎と口の周りに、鉛筆で書いたかと見まがうまばらなひげを生やしている。落ち着き払った無遠慮なまなざしは、ここ数分ユーズデンに注がれたままだ。

そのあいだにユーズデンは、マタライネンが傷ひとつない机の上を滑らせてよこした、簡潔な機密保持誓約書に目を通すよう求められていた。英語版の両脇にはデンマーク語版とフィンランド語版が並べてある。要するに、本日二〇〇七年二月十二日、フィンランド、ヘルシンキ〇〇三三〇通り、ルーミティエ二七番地において入手したいかなる情報も第三者に開示しないことを約束します、という内容だ。確認はものの数秒で終わり、思考はいつしか、下の通りでラース・アクスデンを見たせいで生じた多くの疑問へと移っていた。物思いにふけるあいだ、ついつい顔をしかめたり、頭を振ったりしていたにちがいない。

「何か問題がありますか、ミスター・ユーズデン？」マタライネンが尋ねた。

「はい？」

「内容に問題が？」

「いえ。あの……」ユーズデンは弁解がましく手をあげた。「すみません。特には……」本題に集中しようとつとめる。「誓約書に問題はありません。喜んで署名しますよ」過剰に協力的なのはどうかと、心の声が言っている。「もちろん、デンマーク語は読めませんがね」

「翻訳の正確さは請け合います」急所を突かれ、マタライネンは険しく目を細めた。「フィンランド語もきっとお読みになれないでしょう、ミスター・ユーズデン」

「ええ。読めません」

「だが、デンマーク語とおっしゃった」

「ここにある書類のことではなくて、引きとりにいく文書のことを言ったんです。そちらはすべてデンマーク語で書かれています。そこからめぼしい情報をつかんで、あとで暴露するなんて芸当がぼくにできるでしょうか？　これは、起こりえない事態に配慮した誓約書ですよ」

マタライネンはわずかに微笑んだ。「それなら、署名をしてもなんの損にもなりませんね」

ユーズデンは笑みを返した。「ごもっともです」用意されていたペンを取って署名する。

つづいてコスキネンが連署人として署名をした。マタライネンは三ヵ国語すべての版を集めると、ユーズデンに写しを渡して立ちあがり、会合の終わりを示した。

「さようなら《ナケミーン》、ミスター・ユーズデン」そう言って手を差し出し、軽く会釈をした。

「のちほどお会いしましょう」

「マタライネンに会うと、かかりつけの歯医者を思い出すんです」階下へおりるエレベーターのなかで、コスキネンが言った。

「歯医者を変えたほうがいいですよ」

「いや、そうもいきません。腕はとてもいいのでね。いっしょに釣りに行きたくはないだけです。ただ、ここへ来たあとはかならず飲みたくなる。あなたも一杯いかがです？」

「何杯かほしいところですが、一杯にしておきますよ」

コスキネンが案内してくれた店は、元老員広場にある〈カフェ・エンゲル〉だった。窓際のどのテーブルからもヘルシンキ大聖堂が望めるが、このときは雪に覆われた広場の真向かいに見えた。路面電車《トラム》がガタゴトと通りを走り、早めの昼食をとる人々が思い思いの会話に興じている。

「乾杯《キッピス》」コスキネンが言い、ビールに口をつけた。「あなたの健康を祈って、ミスター・ユーズデン」

「リチャードでいいですよ。ミョルニルに勤めてどのくらいに——いえ、どのくらい勤めたんですか、オスモ？」

「実はそれほど長くありません。VFGティンバー社にいたころ、引き抜かれたんです。でも、居心地はよかったですよ。別の会社に行っていたら……また転職していたかもしれません」

「では、トルマー・アクスデンは仕えやすい上司なんですね」

「多くを求め、多くを与える人です」

「個人的にも親しくなったのでは？」

「そうでもないんです、リチャード。あの人の口癖は『家族を職場に連れてくるな』ですから。ご自身も家族を連れてきたことはありません。それに、ほとんどコペンハーゲンの本社にいますしね」

「弟さんのラースにお会いになったことは？」

「ありません。噂は聞いています。たしか画家だったかと。でも、会ったことは一度もないんです」

「見たら本人だとわかりますか？」

コスキネンは眉をひそめた。ユーズデンの一連の質問にとまどいはじめているようだ。「たぶんわかりません」

「いちばん最近トルマーがヘルシンキに来たとき、お会いになりましたか？」

「いいえ。新聞によれば、ずいぶんと多忙だったようですね。退職したわたしにわかるのは、新聞で読めることぐらいなんです」

「新聞にはどんな記事が？」

「ああ、サウッコ銀行買収にからんだ政略がどうのって話です。それで持ち切りですよ」

「どんなふうに書かれているんです？」

コスキネンは微笑んでいたが、それは苦笑に近かった。明らかに、厄介な話題に引きこまれてしまったという顔だ。「サウッコのロシアへの投資規模を好ましく思わない人たちもいるようです。買収に注目が集まっているいまではね。商業的には上策でも、政治的には……微妙です」肩をすくめてビールをあおったのち、窓の外を見やって、遠くのものに焦点を合わせるかのように目を細める。「われわれフィンランド人はいつも、ロシアのことを気にしているんです。あの国は強すぎるか弱すぎるかのどちらかだ。それでも隣国として付き合っていかなきゃならない」そう言ってユーズデンに視線をもどした。「ちょっと失礼、リチャード。こんな弱気な話をしていたら、小便がしたくなりました」

コスキネンは椅子を引いて立ちあがり、ゆっくりとトイレへ歩いていった。残されたユーズデンは、ラース・アクスデンがヘルシンキにいる謎について、いま一度考えをめぐらした。ペニールに伝えるべきだろうか。迷っている時間はあまりない。そういえば、外務省にも電話をして、すでに週が改まったというのにまだ出勤できない新たな――あるいは焼きなおした――言い訳をしなくてはならない。もっとも、そこで働いていたのはだれか別の人間のように思えるのだが。気をまぎらそうと、隣のテーブルに読み捨ててあった新聞を手に取った。

《ヘルシンギン・サノマット》紙の予報では、きょうのヘルシンキの天候は曇りで、気温はマイナスふた桁台になるらしい。「参ったな」ユーズデンはつぶやき、次々とページをめくって、理解できないフィンランド語の見出しを見ていった。「やれやれ」すると、魔法のことばが目に飛びこんできた。ミョルニル。そして……

商業欄を飾る、おそらくはミョルニルのサウッコ買収以後の業績について書かれたその記事には、羽目板張りの会議室にスーツ姿で顔を揃えた、商業界のリーダーふたりの写真が添えられていた。下の説明文によると、アルト・ファレニウスと……トルマー・アクスデンだった。

ファレニウスは、颯爽とした印象の中年男性で、ピンストライプのスーツにまだら模様のネクタイをつけ、揃いのチーフを胸ポケットから覗かせている。白髪交じりの髪を大胆に長く伸ばしており、端正な顔が日に焼けていることから察するに、北欧の冬のかなりの期間を、陽光に恵まれた土地で過ごしているようだ。ユーズデンには、この男の立場がよくわからなかった。発展的合併を世に喧伝するサウッコのCEO、というところか。むろん、その写真が記事と関連しているとはかぎらない。前年の秋に撮られたものという可能性もありうる。

とはいえ、ふたりのうちアクスデンのほうが支配力を持っていることは歴然としていた。ファレニウスより数センチ背が高く、二、三十歳は年嵩で、全体としてより重々しい風格がある。スーツとネクタイは無地で、笑顔はより冷たく、眼光はより鋭い。腕力と知力が醸し出す貫禄もじゅうぶんだ。顔の造作は弟とよく似ているものの、ラースとはちがい、放埒な生き方に起因する目立ったやつれは見えない。むしろ、トルマーの顔は落ち着きと確信に満ちていて、反抗心のようなものが自信ありげな表情を際立たせている。あるいは軽蔑心か。そうだろう。その物腰や顔つきからは、おのれの優越性を固く信じていることがうかがえた。

　そのとき、入り口付近での人の動きがユーズデンの注意を引いた。目をあげると、コート掛けから取った上着を身につけながら、コスキネンがカフェを出ようとしていた。店内には目もくれず、足早に歩いていく。

「オスモ!」ユーズデンは叫んだ。しかし遅かった。ドアはすでに閉まっていた。わけがわからず、不安に駆られて立ちあがる。どういうつもりだ?　慌てて追跡にかかった。

　しかし、勘定書を鷲づかみにしたウェイターに阻まれ、誤解と混乱のせいでひときり揉めた。最初、デンマーク・クローネやスウェーデン・クローナを出してしまったユーズデンは、ようやくユーロで支払いを終え、貴重な数分間を無駄にした。外へ出たときには、コスキネンの姿はどこにもなかった。通りすがりの女性をたじろがせるほどの大声で毒づき、コスキネンは何をふざけているのかとふたたび自問する。不可解としか言いようのない行動だった。

　そしてユーズデンは、コスキネンが席をはずす前、窓の外に目を凝らしていたのを思い出した。いったい何を見ていたのか。大聖堂というのが妥当な答えだ。広場の向こうはあの建物で占められていた。正面の階段からだれかが合図を送ったのだろうか。それとも、ドームの時計が示す時刻を見て行動に移ったのだろうか。

考えようによっては、どうでもいい問題だった。実際、コスキネンはいなくなったのだ。さむけに襲われて身震いし、カフェにコートを忘れてきたことに気づく。ユーズデンは店へと引き返した。

濃色のカジュアルな服に黒のキャップという出で立ちの男が、行く手に立ちはだかった。長身で筋骨たくましく、顔にはまったく表情がない。つかの間、ユーズデンは茫然とその男を見つめた。相手も無表情に見つめ返してきた。脇の路肩に、凍った側溝で少し滑りながら車が停まる音がした。すると男が、ユーズデンの急所に強力な膝蹴りを見舞った。激痛のあまり体がふたつに折れ、目の前がかすむ。相手の両肩をつかむと、がっしりした手が首もとにおりてきた。ユーズデンは男を突き放し、歩道の上で踵を引きずって後ずさりした。

だが気がつけば、トランジット・バンの荷室に転がっていた。スライド式のドアが閉まるや、車は急発進した。見あげると、男がふたり乗っていて、バンの動きに身を揺らしていた。テープをロールから剝ぎとる音がした。身を起こそうとしたが、押しもどされた。両手が背中にまわされる。手首にきつくテープを巻かれ、足首も同様にされた。ものの数秒で、ユーズデンは動けない状態になった。

「なんなんだ」ユーズデンはあえぎながら言った。「いったい何を――」そこで口にも短いテープが貼られた。

「計画変更だ、ミスター・ユーズデン」首をひねって声のした方向を見ると、金網の仕切り越しに、エリック・ロンが助手席から笑いかけていた。「きみにとってはな」ユーズデンの左腕に鋭く何かが刺さる。「忠告するが、暴れるのはやめたほうがいい」

ユーズデンは忠告を聞く気などなかった。しかしたちまち、選択の余地はなくなった。バンの揺れがくらくらする波と合わさって、脳に押し寄せてくる。周りの人影が白黒にぼやけ——やがて真っ黒な塊と化した。

37

目覚めたとき、ユーズデンは一瞬、そこがロンドンの自宅のベッドで、頭が割れそうに痛むのも、手足がこわばっているのも、ひどい二日酔いのせいだという錯覚に陥った。しかしそうではなかった。現実が悪夢のように容赦なく、意識を襲ってくる。ユーズデンはまだバンのなかにいて、いまはひとりきりで、闇に包まれ寒さに震えていた。

それでも、どこからかわずかに光が漏れてきており、バンの内部の陰影は見てとれた。ユーズデンは膝をついて這いまわり、少しでも状況を見きわめようとした。車外のどこかで、シャッターが風で震える音が聞こえているが、ほかに物音はしない。ここに連れてこられてどのくらいたつのかは知りようがなかった。後ろ手に縛られているので、腕時計は見えない。なぜ車に置き去りにされたのかも同じく不明だった。〝きみにとっては計画変更だ〟とロンは言っていた。まるで、ミョルニルとしては初めからそういう計画だったかのように。コスキネンの行動からも、それはたしかだ。

罠が仕掛けられていたのだ。しかしなぜ、なぜ？

この縛《いまし》めを解かなくては。差しあたって思いつくのはそれくらいだった。重なり合ったさまざまな影の前方に、荷室と運転席を仕切る金網があり、その隅に破れ目らしきものが見えた。近くまで這い進んでよく見てみる。枠の近くの金網が荷室側へへこんでいて、針金が何本か飛び出している。その先端は堅くて鋭い。ユーズデンは背中をそちらへ向け、腕を上にあげて、針金の一本を手の付け根にあてた。そしてテープを引っかけ、鋸のように動かして徐々に裂いていく。

数分で両手が自由になった。口のテープをゆっくりと剝がし、すわって腕時計を覗きこむ。二時を数分過ぎていた。コスキネンが無記名債券の詰まったアタッシェケースを取りにいっているころだ。すでにペニールには、ユーズデンが姿を消した理由をもっともらしく説明したにちがいない。ポケットを探ってみたが、携帯電話はなかった。まあ、奪われて当然だろう。足首に巻かれたテープを剝ぎとり、スライドドアのハンドルに手をかける。ロックされていた。それも驚くにはあたらない。立ちあがって後部ドアのほうへ移動する。こちらもやはりあかない。脱出するすべはなかった。手近のドアパネルを無意味に殴りつけ、床にすわりこむと、ドアハンドルをむなしくもてあそびながら、鬱々と闇に目を凝らした。まったく、なんて寒さだ。ロンはこのまま凍え死にさせる気なのか？

そんな事態を脱する現実的な手立てを探り、かつ体を温めるために、ユーズデンはへこんだ金網の仕切りのほうへもどり、針金を引っ張ってさらにゆるめようとした。だがそれ以上はびくともしない。なんの成果もなく、ただ指を切っただけだった。床にへたりこみ、傷ついた指を吸いながら、ロンや、ビアギッテ・グリュンや——こんなことに自分を引きずりこんだマーティーを呪った。

何分か時間が流れるあいだ、ユーズデンはこのひどい窮状をどう切り抜けようかと、一心に考えた。見えないシャッターがガタガタ鳴りつづけている。寒さはもはや耐えがたく、体が震えはじめた。「ちくしょう、マーティー」声に出してののしる。

「よくもこんな——」

シャッターの振動よりも低くて遠い物音が耳に届いた。車のエンジン音だ。それが止まるとすぐに、数人の話し声が聞こえてきた。どこかのドアがきしんで開き、わずかに明るさが増す。金網とフロントガラスの向こうに、煉瓦の壁のほうへ歩いていく人影が見えた。スイッチが入れられ、天井の蛍光灯が脈打つようにともる。バンの後部ドアにキーが差しこまれる。両開きのドアの一枚が開き、つづいてもう一枚が開いた。

ユーズデンは、強烈な明るさに目を慣らそうとまばたきした。ずんぐりして首が太く、頭を剃りあげた、ジーンズとウィンドブレーカー姿の男がこちらを見ていた。そして、もうひとりの男がすぐ後ろに現れた。最初の男より細身で背が高く、暗い色のコートを着て襟を立てている。まるみのある柔らかい顔立ちで、ショウガ色のもっさりした髪と、肉づきのいい顎周りの無精ひげには、白いものが交じっている。その男はまるいフレームの眼鏡越しに、小さな青緑色の目でユーズデンをしげしげと見つめていた。

「おまえがユーズデンか？」話し方は西海岸のアメリカ人そのものだ。

「そうだ」

「なら、パーティーをはじめよう。出てこいよ」ずんぐりした相棒がウィンドブレーカーの内側から何かを取り出し、ユーズデンに向けた。銃だ。「いやだという答えは受け付けないがな」

ふたりの男が少し身を退《ひ》いたのと同時に、ユーズデンはゆっくりと立ちあがり、バンの後ろまで行って外へ出た。そこは何かの作業場らしく、小さな出入り口を設けた天井まであるシャッターで閉め切られていた。窓はなく、何もない壁が三面あるだけで、その一面に沿って裸のベンチが一客置かれている。三人目の男がそのベンチにもたれ、仲間ふたりと同様にユーズデンを見つめていた。がっしりして上背があり、鷲鼻で、髪と顎ひげは黒く、怒りのこもった暗い目をしている。この男は黒革のロングコートを着て、さかんにガムを嚙んでいた。そのかたわらの座面に、クレムのアタッシェケースが載っていた。

「きみたちは何者だ」さっきしゃべりかけてきた男をまともに見つめ、それほど怯えていないふうを装ってユーズデンは尋ねた。

「おれはブラッドだ。銃《ガン》を持ってるやつはゲンナジー。ガムを噛んでるやつは――ちなみに、あいつもガンを持ってるが――ヴォルディミールだ。すまん、頭韻を踏むのが癖でな。ふたりとも必要なときは英語を話すが、たいていは別の方法で意思を伝える」

「何が望みだ？」

「おまえだ。二、三日前の夜、おれたちの大事な仲間のイリヤとユーリを殺《や》っただろ」

「あれは事故だった」

「そうかもな。あいつらを負かすほどの玉には見えない。それにユーリは、いつだって無茶な運転をするやつだった。だからって、でかい恨みが消えるわけじゃない。ゲンナジーはおまえの頭に弾をぶちこみたくてうずうずしてる――気がすむまで叩きのめしたあとでな。友達が死ぬ。だれかが代償を払う。ウクライナの古くからの習わしだ。こいつらの生まれ故郷さ。自分たちはロシア人とはちがうといつも言ってる。外見やしゃべり方はそっくりだがな。それにこのごろじゃ、ウォッカをがぶ飲みしてないとすぐに機嫌が悪くなる。言っておくと、きょうはふたりとも完全にしらふだ。どういう状況かは自分で考えてくれ。そのあいだに、ミョルニルでのおまえの役割を教えてもらおうか」

「そんなものはない」

「だったら、なぜヘルシンキに来た？」

「強要されたんだ」

「ああ、なるほど。で、何をしろと言われたんだ？　まさか、おまえをおれたちに引き渡すつもりだとは予告されてなかったろう」

「あのなかの手紙が……本物かどうかたしかめることになっていた」ユーズデンはアタッシェケースを顎で示した。

「まったくもって不必要だな。あのコピーは一枚残らずファックスしてやった。けど、おまえにはもっともらしく聞こえたんだろう。ところが、おれたちは最初っから、皿に載ったおまえの首と、たっぷりの代金の両方を要求してたわけだ。しかも、相手はまるで動じなかった。おれたちがおまえを消そうが、痛くも痒くもないって感じだったぞ」

「ぼくは知りすぎていると思われたらしい」

「何をだ？」

「トルマー・アクスデンのことを」

「ああ。姿なき男か。やつのことを知ってると？」

「あの男には秘密がある」

「そんなことはみんな承知なんじゃないか？」

「ミョルニルはどうあってもそれを守りとおしたいんだ」

「もちろんそうさ。だからこそ、ばか高い金額で買いとろうとしてる。元の買い手を邪魔してやったじゅうぶんな手間賃プラス、イリヤとユーリをあんな道路で無惨に殺されたうえに、二千万クローネをコペンハーゲンの風にさらわれたおれたちへの賠償金だ。まあ、そういう取り決めにはなってるが、場合によっては、おまえを殺すのをやめにしてやってもいい。その秘密がなんなのか教える気はないか？」

「手紙が手もとにあったのなら知っているはずだ」

「そこが因果なところでな。故郷のカリフォルニアにいたころ、デンマーク語だけは習ったことがなかった。スペイン語？　まかせとけ。フランス語にイタリア語？　これもなんとかなる。ロシア語までかじった。ヴォルディミールがごくたまに飛ばすジョークがわかる程度にはな。けどデンマーク語は？　なぜか素通りしてた。迂闊だった。だが世のなかそんなもんだ」

「オルセンを生かしておけばよかったんだ」ヴォルディミールが吐き捨てるように言

った。

ブラッドはにやりとした。「しょうがないな、あと知恵でえらそうなことを言うやつは。オルセンってだれだと思ってるだろうから、教えてやろう。その男は元の買い手が代理でよこしたデンマーク人の交渉係だ。おれたちは現場係として雇われてたんだが、代わりに買う気がないかミョルニルに探りを入れようとしたら、オルセンは自分のボスに電話すると言いだした。で、やむなく消えてもらったわけだ。あいにく、そのときはまだ手紙の内容を聞いてなかったんで……おまえに詳しく話してもらえればと思ってな」

ユーズデンは唾を呑みこんだ。手紙の内容について自分が知っている些末な情報で、復讐を思いとどまらせるほどの興味を掻き立てるのはまず無理だ。しかし、助かる望みはそれしかなかった。「ユトランド半島の農場にいた、トルマー・アクスデンの父親の、ピーダの半生記だ」

「ユトランド半島の農場だと？」ブラッドは嘲るように言った。「そう聞いても、脈が速くならないのはなぜだろうな？」

「ぼくもデンマーク語は読めない。だがトルマーの秘密が……アナスタシアと何か関係しているのはたしかだ」

「へえ、そうか？　トルマーが変装したエルヴィス・プレスリーじゃないのもたしかなんだろうな？　歳のころはだいたい合うぞ」

「根拠まで知っているふりはしない。だが事実なんだ」

「トルマー・アクスデンが、最後のロシア皇帝の娘となんらかのつながりを持ってるってことか？」

「そうだ」

「自分は皇女だと訴えてひと儲けした、あの気のふれたばあさんと？」

「そう、アンナ・アンダーソンだ」

「アンナ・アンダーソン。そうだった。何年か前、ケーブルテレビで安っぽい連続ドラマを観たっけな。アナスタシア役はジェーン・シーモアじゃなかったか？」

「ジェーン・シーモア」ゲンナジーがその名を聞いて嬉しそうに言った。「〈ドクター・クイン――大西部の女医物語〉の女優か。いい女だ」

ブラッドは目玉をぐるりとまわした。「あのなあ。こんな無駄話をしてる時間はないんだ。悪いが、アナスタシアもおれにはぴんとこない。〝気がすむまで叩きのめす〟ところは省いて、さっさとおまえの頭に弾をぶちこむとしよう」もの柔らかなその顔がにわかに、冷たく残忍な色を帯びた。足を踏み出し、ポケットから銃を抜いてユーズデンの頭に突きつける。「この引き金を引かせないまともな理由をひとつでも言うならいまだぞ。ほんとうに、これが最後だ」

「し、指紋」現実と切り離された異世界で、ユーズデンはどもっている自分の声を聞いた。生死の境にあるその場所では、こうした状況で味わうだろうと予想していた身のすくむ恐怖はあまり感じなかった。「手紙のなかに……指紋ひと組がまぎれてるはずだ」

ブラッドはゆっくりと、確信ありげに首を横に振った。「指紋などなかった」

「あるはずだ」

「いや、なかった」

「アタッシエケースに仕込んであるんだろう」

「たしかめろ、ヴォルド」ヴォルディミールがケースを開いて逆さにした。大量の手紙がベンチの上に散らばる。「だれの指紋が出てくるはずなんだ?」

「アナスタシアの。一九〇九年、彼女が八歳のときに採られたものだ。ぼくは、アンナ・アンダーソンの指紋ひと組を買ったヴァージニア州の系図研究家と連絡を取り合ってる。そっちは一九三八年に採られたものだ。そのふたつが一致すれば、アンナ・アンダーソンが本物のアナスタシアだったことが証明される」

ヴォルディミールは、シルクハットに仕掛けがないか見るよう手品師に指名された観客さながらに、疑わしげにケースを叩いたり覗きこんだりしていた。「ニチヴォー」これは、ロシア語かウクライナ語で——あるいはその両方で——〝何もない〟を意味することばだろうとユーズデンは想像した。

「その証拠にはたいへんな値がつくはずだ」ブラッドの気を引いて自分の話を信じさせようと、ユーズデンはたたみかけた。「世界じゅうで騒ぎになるだろう。それを言い値で売れるんだぞ」

「すばらしい。ただ、その証拠がないらしいのが残念だ」

「かならずどこかにある。ぼくに見させてくれ」

「おまえはそこを動くな。ヴォルド？」

ヴォルディミールはベンチの上にケースを置いて、蓋と本体の内張りに指を走らせていた。無言でかぶりを振る。

「おまえにとってはまずい展開だな」

「頼むから、こっちへ貸して――」

「待て」ヴォルディミールが言った。「うん、ここだ。何かある、ある、ぞ」ポケットから飛び出しナイフを取り出し、蓋の張り地の縁を切り裂く。クリーム色がかった白い封筒が一枚、ケースのなかに滑り出てきた。ヴォルディミールは畏怖と驚きの入り混じった表情でそれを見おろした。そしてゆっくりと、うやうやしく十字を切った。

「いったいなんなんだ、それは？」

「帝政期《ツアースキ・ピリオト》のものだ」

「なんだって？」

「ほら」ヴォルディミールは封筒を掲げた。表には何も記されていない。だが、裏返したとき、垂れ蓋の上に型押しされた紋章がはっきりと見てとれた。ロマノフ家の黒い双頭の鷲だった。

38

封筒は封をされていなかった。中身はベラム紙一枚きりで、その上部にも同じ、宝珠《ほうしゅ》と王笏《おうしゃく》をつかんだ黒い双頭の鷲がいた。その下に、左手と右手それぞれの指紋が、二段に分けて赤インクで押してある。指紋の下方には、だれかが黒のインクで A.N. 4 viii '09 と記していた。

「これはどういう代物なんだ?」ブラッドは説明を求めた。ベラム紙を手に取る。銃はすでにポケットにしまっていたが、ゲンナジーがまだユーズデンに銃口を向けていた。

「一九〇九年八月四日にカウズから皇帝のヨットで遊覧に出た折に採られた、皇女アナスタシアの指紋だ」ユーズデンにもとうてい信じがたかったけれど、それは事実のようだ。指紋は明らかに子供のもので、日付も合っている。A・Nは、アナスタシア・ニコラエヴナのイニシャルだろう。クレムが皇帝のおませな末娘を、英国警察の誇る最新探知技術の実演で楽しませたときから、ほぼ百年が過ぎていた。それでもいま、カウズ投錨地の波頭に反射する陽光が目に浮かび、皇女たちのはしゃいだ笑い声が聞こえるようだった。クレムはいつでも、子供の相手がうまかった。〝スコットランドヤードは非道な反逆者の記録をこうやって残しておくんですよ、殿下。指を一本ずつ、順番にね〟「皇帝一家はレガッタ見物に訪れていた。子供たちも全員連れて。皇帝と皇后はじきじきに――」

「皇帝と皇后だと？　本気で言ってるのか？」

「本気だとも」

「そのうえ、これと一致するアンナ・アンダーソンの指紋ひと組を入手できると？」

「そうだ」

「いつごろに？」

「レジャイナはもう手に入れているだろう。いまドイツにいる。あとは待つだけ――」

「その女に電話しろ」ブラッドはユーズデンに携帯電話を投げてよこした。「いますぐ電話して、ここへ来させろ」

「ミョルニルはどうする？」ヴォルディミールが訊いた。

「あいつらとは手紙の件で合意しただけで、これはまた別件だ。いわゆるボーナスってやつさ。前にもこんなふうに稼がなかったか？　さあ、電話してもらおうか」

「わかった。かけてみる」

「是が非でもつかまえろ」

「電話番号は財布のなかだ」

「出せ」

ユーズデンは上着から財布を取り出し、レジャイナの番号をメモした紙切れを見つけた。彼女を巻きこむのはもちろん忍びないが、ほかに選択肢がなかった。生き延びるにはこうするほかないのだ。番号を呼び出し、出てくれることを祈った。

祈りは通じた。「もしもし」

「レジャイナ、リチャード・ユーズデンだ」

「あら、リチャード。これ、わたしの知らない番号ね。さっきあなたに電話したんだけど」

「すまない。まぬけなことに、電話をどこかに置き忘れてしまってね。これは借りものなんだ。いまどこだい？」電話の向こうの音がぼんやり聞こえている。構内放送のチャイムらしきものが鳴った。

「ハノーファー空港よ。わたしの乗るコペンハーゲン行きの搭乗案内がもうじき流れるはず」

「一九三八年の指紋サンプルは手にはいったかい？」

「もちろん。あなたのほうも何か報告はある?」

「ああ。一九〇九年のアナスタシアの指紋がここにあるんだ、レジャイナ。ぼくの目の前に」

「嘘ばっかり」

「いや。大まじめだ」

「でも……どうやって手に入れたの?」

「それは会ってから話すよ。ちょっと……事情が複雑なんだ」

「いいわ。そうね、三時半ごろには〈フェニックス〉に着けるはずよ」

「三時半? そんなに早く……」そこでようやく、フィンランドの時間はドイツやデンマークよりも一時間進んでいることをユーズデンは思い出した。「レジャイナ、実を言うと、もうコペンハーゲンにはいないんだ。いまヘルシンキにいる」

「ヘ、へ、ヘルシンキ?」

「さっき言ったように、いろいろあってね。こっちへ来てもらえるかい?」

「まあ……乗り継ぎ便を予約してみてもいいけど」

「ここで会うほうが安全だと思うんだ。ヴェルナーは遅かれ早かれ、コペンハーゲンでぼくたちを捜すはずだから」

「ええ。そのとおりね。そっちへ行くわ」

「到着時間がわかったら、この番号に電話してくれ。空港まで迎えにいくよ」

「わかった。ねえ、リチャード、いままで情報を出し惜しみしてたんじゃない？　ものすごく展開が急なんだもの」

「きみがこっちへ着いたら何もかも話すよ。それじゃあ、あとで」

「うまくやったな」ブラッドは言い、電話を回収した。「これで死刑執行の延期が決まったようだぞ」

「ここで始末しちまおうぜ」ヴォルディミールが言った。

ブラッドは大きくため息をついた。「ヴァージニアの系図研究家とやらの顔を、おれたちは知らないだろう、ヴォルド？　それに、あっちはユーズデンが迎えにくると思ってるんだ。だから、その計画は凍結しておく。いま何時だ？」

「ミョルニルとの約束まで、あと一時間弱だ」

「よし。もう一本電話をかけたら出発するぞ」ブラッドは携帯電話に番号を打ちこんだ。彼が応答を待つあいだ、この身もいずれ〝凍結〟させられるのではないかとユーズデンは不安に思った。やがて電話が通じた。「ブルーノか？　ブラッドだ……よう、元気か……ちょっと頼みがあるんだ。おまえ、指紋もいけるんだったか？……おお、よかった。なあ、おれがよく言ってたろ？　オーソン・ウェルズの鳩時計の台詞――例の〈第三の男〉の――は的はずれだって……時計と言えば、この仕事もかなり急ぎでな。今夜来てくれるか……ヘルシンキに……ああ。防寒下着を着てこいよ。ここは氷河時代だ……わかった。到着時間はあとでまた。了解だ……ああ、もちろん、ブルーノ。手間賃も歩合もいつもどおりでいい。おれがかっかりさせたことがあったか？……そうだろう。じゃあな、相棒《チャオ》」ブラッドは通話を終え、ユーズデンに笑いかけた。「指紋が一致するかどうか、ブルーノが専門家の目で判定してくれる。もし一致すれば、計画続行だ。一致しないときは……」ブラッドは必要以上に長く笑みをとどめた。自分は利用価値のあるあいだだけ生かされるのだと、ユーズデンにはわかっていた。そしてその価値は、レジャイナがもうひとつの指紋サンプルを持って到着した時点で消えるだろう。とはいえ、空港は人目の多い公共の場所だ。そこでなら、レジャイナを連れて逃げ出すチャンスはいくらもあるはずだ。もしすべて失敗したとしても、レジャイナもろとも、わざと警察につかまる方法もある。それまでは、ブラッドの命令どおりに動くほかない。

「行くぞ」ブラッドはふたたび銃を抜いた。「車を取ってこい、ゲンナジー。入り口のところまでバックさせてトランクをあけろ」ゲンナジーはうなずき、シャッターの出入り口を開け放して、足音荒く出ていった。「手紙をケースにもどせ、ヴォルド」ヴォルディミールがその作業をはじめると同時に、外で車のエンジンがかかった。シルバーのメルセデス・セダンの後部がゆっくりと視界にはいってくる。トランクが勢いよく開いた。「おまえにはトランクで移動してもらう。ミョルニルの連中に見られる危険は冒せないんでな。さあ乗ってくれ」

ユーズデンは、ロンに連れてこられたその工場跡地をほんの一瞬目にしたのち、ヴォルディミールに後頭部を押さえつけられ、振動するメルセデスのトランクにやむなく転がりこんだ。

「カーペット敷きだし、脚もじゅうぶん伸ばせる」後ろをにらむユーズデンの視線をとらえて、ブラッドがにやつきながら言った。「ゲンナジーはキエフ育ちだが、もっと居心地が悪くてせまいところで、兄弟四人と住んでたんだ」

「いつここから出られる？」

「おまえが必要になったときだ。心配するな。そこにいるのは覚えておくから」ブラッドはトランクを閉じかけたが、そこで手を止めた。携帯電話が鳴っていた。ポケットから電話を取り出し、発信者番号を読みあげる。「覚えがないな。おまえにか？」

「レジャイナだ」

「出たほうがいい」ブラッドはユーズデンに電話を手渡した。

「レジャイナ？」

「もしもし、リチャード」レジャイナは息をはずませていた。「手短に言うわね。いま搭乗ゲートへ向かってるところなの。コペンハーゲンからの乗り継ぎ便が取れたわ。ヘルシンキ到着は七時二十分。フィンランド航空の六六四便よ」

「七時二十分着の六六四便だね。わかった。じゃあ、その時間に」

「ええ。それじゃあ」

ユーズデンはブラッドにおとなしく電話を返した。「閉所恐怖症だと言ったら、少しは待遇がましになるか？」

「いや、ならんな。と言っても、おまえをほったらかしにするってことじゃない。ときどき様子を見にくる」ブラッドは、コスキネン宅での対決に向けた作戦を練り直すかのように、眉を寄せて考えこんだ。トランクリッドを指で小刻みに叩き、やがてポケットから指紋サンプルのはいった封筒を引き抜いて、ユーズデンの皺だらけの上着の内ポケットに滑りこませた。「それを預かっておいてくれ。おまえの命の綱だ」トランクリッドが勢いよくおりてくる。ユーズデンは闇のなかに追いやられた。

39

トランクのなかは、カーペットの繊維のにおいとディーゼル燃料のにおいが九対一の割合で入り混じっていた。光はいっさいなかった。ユーズデンは、内部照明用の手動スイッチがないかと手で探ったが、数分後にはあきらめた。ゲンナジーは、裕福な高齢の未亡人に仕える運転手さながらに、ゆっくりとなめらかに車を走らせていた。加速と減速、カーブと直線。絶え間ないエンジンのうなりに阻まれ、耳に届く音は小さく、遠かった。メルセデスが目的地をめざしてヘルシンキの往来を縫っていくあいだ、クラクションや、エアブレーキや、路面電車《トラム》の鐘や、空気ドリルの音がしていた。

空港でこの三人の手から逃れる計画がうまく運ぶのかどうか、ユーズデンは考えずには——疑わずには——いられなかった。ブラッドは当然それを予想して、事前に策を講じるはずだ。欲を掻いて判断を誤ってくれることに望みをかけるほかないが、そんな見こみがあるものか判断できるほど相手をよく知らなかった。

　それでも、こうして命乞いに成功し、度胸を据えてかかれば相手を出し抜ける見こみもあるという事実を思うと、少し希望が持てた。おまけに、エリック・ロンはユーズデンがすでに始末されたものと思っているだろうから、ミョルニルをも出し抜いていることになる。コスキネンはペニールに話しただろうか？　なんとも言えない。ユーズデンが突然いなくなったことをどう説明したのだろう。どんな嘘をでっちあげたにせよ、自由の身になった暁には撤回させてやるつもりだった。ペニールはユーズデンに見捨てられたと思っているにちがいない。いつまでもそんなふうに誤解させておくものか。いまごろペニールはコスキネンの家で、マタライネンとともに、不安な待ち時間を過ごしているだろう。いまは彼女に力を貸すことも、不在の理由を説明することもかなわない。だが、ペニールに真実を伝え、ほかの者たちにこの行為の責任を取らせるまでは、決して死ぬまいとユーズデンは誓った。

　ブラッドが指紋サンプル入りの封筒を自分に預けた皮肉に、苦笑が漏れた。みじめな現状から気をそらすべく、空想の力で、一九〇九年八月四日の皇帝のヨットの上に身を置こうとしてみる。けれども、ワイト島の巡査の制服を着たクレムと、レースをあしらった白いドレスを着た皇女たちは、夢のなかの人物でしかなかった。陽光には暖かさがなく、声にも強さがなく、笑顔もはかなく消えた。ユーズデンは現実の世界にいた。そして、彼らは遠い過去にいた。

車が何度目かの停止をした。そしてエンジンが切られた。これは一時停止ではない。ルーミティエ二七番地に着いたのだ。取引はすぐにもはじまる。

一分余りが過ぎた。それから、片側のドアが閉まった。つづいてもう片側も。ブラッドとヴォルディミールが車を離れた。トランクの近くで何かが作動し、かちりと止まった。たぶんアンテナだろう。ゲンナジーがラジオをつけたのだ。待っているあいだ、音楽を聴くつもりらしい。もっとも、状況を考えて音量を絞っているのか、ユーズデンには何も聞こえなかった。郊外の住宅街は静まり返っていた。

さらに何分かが過ぎた。五分。十分。十五分。マタライネンが手紙の原物とファックスされたコピーを比較し、ほどなく満足の意を表明する。そのあと、コスキネンがペニールに届けたアタッシェケースの解錠番号が電話で知らされる。ブラッドがそのケースをあけ、無記名債券を確認して、満足の意を表明する。そして――

その騒音は、空気の衝撃波となってユーズデンを襲った。暗く、窮屈で、静かな世界が、音と光に切り裂かれる。まるで地震に遭ったかのように車が持ちあがり、激しく地面に落ちた。大きくて重い何かがトランクを直撃し、ユーズデンの顔のすぐ手前まで鉄板をめりこませた。そのはずみでトランクリッドが開く。目がくらむと同時に耳がよく聞こえなくなり、理解を超えたその惨事の途方もない破壊力を前に、身をすくめることしかできなかった。

やがて、視力と聴力と認識力が一気にもどってきた。雨のように降り注ぐ、石造りの建物の断片が、路上に停められた車の屋根の上で跳ね、窓を砕き、側溝に積もった雪に刺さっていた。付近一帯でもうもうと塵が舞い、煙が立ちのぼっている。ユーズデンはポケットからハンカチを出して鼻と口を覆い、トランクのへりを越えて外へおり立った。

通りの反対側に建っていたはずの家は、炎と煙に包まれ、裂けた壁と粉々に割れたガラスからなる残骸と化していた。屋根は崩れ落ち、かろうじて原形をとどめた二枚の切り妻壁のあいだに瓦礫の山ができている。ペニールのＢＭＷは破片の積もった車道にあったが、窓ガラスが粉みじんに砕けており、歩道には二七番地の標識がネジ止めされた門柱が倒れていた。細かな破片がなおもぱらつくなか、戦慄を覚えつつその惨状を見つめる。煙で肺が苦しくなってきた。ユーズデンはその場から退いた。

そのとき、メルセデスの運転席のドアが開き、ゲンナジーが雪に覆われた道端に転がり出てきた。頭に負った深い傷から血を流している。フロントガラスの破片をもろに浴びたのだ。ゲンナジーはユーズデンを見あげ、うめき声をあげた。眼球がまぶたの下に隠れていく。そして力尽きた。

次の瞬間、持ちこたえられなくなった切り妻壁の一方が、瓦礫のなかに崩れ落ちた。煙と塵がキノコ状にひろがる。ユーズデンは、さらに後退を余儀なくされた。背後の家の前庭に中年の女が出てきて、フィンランド語で何か叫んだ。

「救急車を呼んでくれ」ユーズデンは叫び返した。「あのなかに人がいる」

「何があったの？」

「わからない。何かの爆発だ」

女は驚きのあまりぽかんと口をあけて、前へ進み出た。とたんに咳きこみだす。

「救急隊に電話を。早く」

「ええ、わかった」女は家へ駆けもどった。

ユーズデンはその場に立ちつくしたまま、ひろがっていく煙のもやをにらんだ。ルーミティエ二七番地は、まるで爆撃を受けたかのように見えた。そして、まさしく爆弾が使われたのだと、ユーズデンは知っていた。なかにいた者が生存している可能性は皆無だ。爆弾によって建物は全壊し、壁も床も、肉も骨も粉々になった。ブラッドも、ヴォルディミールも、マタライネンも、そしてペニールも、全員死んだにちがいない。

ユーズデンは不意に、すべての形跡がその逆を示しているにもかかわらず、自分がどれほど強くペニールの生存を願っているかを悟った。単純に考えて、望みはまったくない。それでも、その事実を受け入れられなかった。受け入れたくなかった。ユーズデンは通りを横断しはじめた。

けたたましいクラクションと甲高いブレーキの音で、足が止まった。数メートル手前でピックアップ・トラックが急停止し、つなぎを着た男がふたり飛びおりてきた。フィンランド語で何か怒鳴っている。

「あそこに埋もれてる人たちがいる」ユーズデンは崩壊した家を手ぶりで示した。「生存者がいないか、いっしょに探してくれ」

ふたりの男は疑わしげにユーズデンを見つめた。そして、年長らしき男のほうが言った。「危険すぎる。生きてるやつなんかいるわけない」

「たしかめてみないと」

「やめとけ。万一——」

大きな破裂音がして、残骸のどこかからまた炎が噴き出した。瓦礫の断片が宙に舞う。そのひとつがトラックのフロントガラスを直撃した。ふたりの男は踵を返して逃げだした。

「さがれ」年長の男がユーズデンを振り返って叫ぶ。

そして、もう一方の切り妻壁が崩れ落ちた。その崩壊とともに、現実への抵抗策も尽きた。ユーズデンは身を退《ひ》いた。目がひりつき、肺が引きつる。立ちのぼった塵と煙が空気中を転がっていた。背後で火花がはじけた。

ユーズデンはメルセデスのところまでもどった。思考はいまや、ひとつの決意に集中していた――だれかにこの報いを受けさせなくてはならない。ゲンナジーの動かない体のそばに膝をつき、コートのなかの銃を探る。気がつけば自分の手に握っていた。映画のなかでは幾度となく見たが、一週間前まで住んでいた世界では一度も見たことのなかったオートマチック拳銃だ。上着に忍ばせて持ち歩くには、重くてかさばりすぎる。ゲンナジーの首もとからウールのスカーフを引き抜き、それで銃をくるむと、ユーズデンは立ちあがって通りを歩きだした。

ほかの住人たちもすでに外へ出てきており、オスモ・コスキネンの住まいだった建物の壊滅ぶりに、あんぐりと口をあけていた。だれもユーズデンに注意を払わず、燃えさかり煙をあげる二七番地の廃墟に目を奪われている。歩くペースをあげた。

通りのはずれに近づいたところで、ちょうど交差点を通過した大型の黒いサーブSUVが路肩に停まるのが見えた。運転手はルーミティエの煙の柱のほうにじっと目を凝らし、一瞬かすかな笑みを浮かべた。

エリック・ロンだった。同乗者はおらず、ユーズデンの存在にもまるで気づいていないようだ。その目はこちらの姿をとらえず、自分の見たいものだけをまっすぐ見据えている。すぐ前で道を渡っている歩行者など、影にすぎないのだ。

ユーズデンが助手席のドアをあけ、車に飛び乗った瞬間、すべてが変わった。

「おい《ホウ》！　なんだ《ヴァ》――」ロンの表情が凍った。自分の目が信じられないのも無理はない。死んだと確信していた男が隣の座席にいて――しかも銃を構えているのだから。

40

互いににらみ合ったまま、長い、無言の数秒が過ぎた。やがて、ロンが唾を呑みこんで言った。「撃たないでくれ。頼む」

「なぜいけない？　人を陥れやがって。やつらが殺してくれると思っていたんだろう、ちがうか？」

「わたしは……命令に従っただけだ」

「ぼくの命令にも従ってもらおう。そうすれば命は助けてやってもいい。車を出せ」

サーブが動きだした。「どこへ行けば？」

「空港に向かえ」

「聞いてくれ、ユーズデン、わたしは――」

「そっちが聞け。こっちの質問にだけ答えろ。わかったか？」

「わ、わかった」

「トルマー・アクスデンは、こういうことになると知っていたのか」

ロンはうなずいた。「知っていた」

「初めから全部知っていたんだな？」

「そうだ」

「どういう指示を受けた？」

「アタッシェケースを破壊しろ。敵に圧倒的な力を見せつけて完全に手を引かせろ。そして、きみを排除しろと」

「ペニールもいっしょにか？」

「そうだ」車はムンキニエミの主要ショッピングストリートに差しかかった。消防車が一台、ライトを点滅させ、サイレンを鳴らしながら猛スピードで近づいてきた。もう少し遠くで、もう一台のサイレンが鳴っている。「トルマーはいつもこう言うんだ……困難はひとつの機会でもあると」

「その理屈でブーガーも殺したんだな？」

「われわれはだれも殺していない。全部……外注した」

「どこまで事務的なんだ」うなりをあげる消防車とすれちがった。「待てよ。おまえが講じるはずだった安全対策というのは？」

「あの家に男をふたり行かせた。ペニールをすっかり安心させるためだ」

「それで結局……そのふたりも犠牲にしたのか」

「わたしは自分の仕事をしたまでだ。どうやって逃げ出したかは知らないが、ユーズデン、このことはトルマーに伏せておくと約束する」ロンのこめかみを、汗が細く伝っていた。「空港はいい選択だ。今夜のうちにイギリスへ飛べる。だれもきみを見つけはしない」

「もちろん見つけるさ、ロン。おまえがしゃべるからな」

「まさか」

「だまって運転をつづけろ。そして、質問に答えつづけろ。コスキネンも何が起こるのか知っていたのか？」

「詳しくは知らなかった。だが、あの男も命令どおりにしただけだ。わたしと同じく」

「いまはどこにいる？」

「自分の兄さんの家に行ってる」

「住所は？」

「知らない」

「しらばっくれるな」

「嘘じゃない。適当な住所を教えることだってできたろう？　どう言ったらわかってもらえる？　ほんとうに知らないんだ」

パトカーとすれちがった。そしてまた一台。

「トルマーはどうだ？　どこにいる？」

「街を出てる」

「いつもどる？」

「今夜か、あすか。はっきりとはわからない」

「アパートメントの場所は？」

「マキンカツ六番地。だが、あそこを訪ねても無駄だ。最新式の防犯システムがついている」

「ビアギッテ・グリュンは、この件全般にからんでいたのか？」

「いや。トルマーが何をするつもりか知っていたら、彼女は協力しなかっただろう。要求どおりに金を払うと思っていたんだ」

「つまり、ミョルニルにも良心を持ってる人間がいるわけだな」

ふたりはいま、ムンキニエミの中心部を離れ、大きなインターチェンジに近づいていた。ロンは北行きの幹線道路へ左折するべく、信号待ちの列に加わった。

「きみは事情が全然わかっていないんだ、ユーズデン。きみには想像もつくまい。金。贅沢。きみが望んでいると見て、トルマーが与えようとしているもの……ほかのものと引きかえにだが。きみはいつの間にか深入りしすぎている」

「それがおまえの逃げ口上か？」

「わたしは言われたことをするだけだ」

「今回は、トルマーが元妻を殺すのに手を貸したんだな」

「殺人などなかった。あの爆発の原因はガス漏れだ」

「ぼくはそうは思わない」

「わたしは、フィンランドの警察が出すと思われる結論を口にしているだけだ。痛ましい事故。なぜペニールが現場にいたのかは……だれにもわからない」ロンは加速して幹線道路に乗った。日が陰りはじめ、東から暗い空が迫りつつある。午後が急速に終わりかけていた。「きみは痕跡もなく消えられるんだ、ユーズデン。今夜。わたしはトルマーにしゃべらない。ほんとうだ。きみを逃がしたなんて認めたら、こっちの立場が危うくなる」

「つくづく感情ってものがない野郎だな」

「わたしは現実派なんだ。ペニールは死んだ。きみは生きている。これからも生きつづけるために、どんなことでもするべきだ」

「おまえにだまされたとわかったら、ビアギッテはどうするだろうな？」

「どうもしない。彼女も現実派だ」

「ラース・アクスデンは、この件のどこに加担してる？」

「ラースは無関係だ」

「けど、ここヘルシンキにいる。なぜだ？」

ロンはかぶりを振った。「なんの話をしてるのかわからない。ラースはここにはいない」

「この目で本人を見たんだ。マタライネンの事務所の近くで。けさ」

「コスキネンは何も言っていなかった」

「彼は見ていない。見たのはぼくだ」

「それは……人ちがいだろう」

「いや。あれはラースだった」

「だとしても、わたしは聞いてない。いったいどういうことなんだ。ラースがここにいるはずがない」

「たぶん、家族の秘密がなんなのか知りたいんだろう」

「無理だろうな」

「けど、おまえなら教えてやれるんじゃないか？　おまえとビアギッテは、ファックスされた手紙のコピーを読んだんだろう？」

「いや。送信に使われたのはトルマー専用のファックス番号だ。彼のほかにはだれも読んでいない。きみとペニールに何をどう説明するかは……すべてトルマーから指示されていた」

「トルマーが主導していると知ったら、ぼくらは途中で逃げ出すかもしれなかった。だから、トルマーに隠れて事を進めていると信じこませる必要があった」

「そのとおりだ」

「ぼくを犠牲にするのはわかるさ、ロン。けどペニールは？　よくそんな仕打ちができたな」

「トルマーから簡単に逃れられると思ったあの女が浅はかだったんだ。そんな真似は許されないと知っておくべきだった」

「こんどは自分のしたことの正当化か？　トルマーの要求に従え、さもなくば、痛い目に遭う」

「そういうことだ」

「とんでもないな」

ふたりのあいだに沈黙が落ちた。ユーズデンはもう、何を尋ねる気にもなれず、そんな非情なルールに従って生きられる人間への不信を口にする気にもなれなかった。車はすでに幹線道路にはいり、北東へ進んでいた。道路脇の標識に空港のマークが現れた。残すところ七キロ。ユーズデンはいつしか、一時間足らず前にコスキネンの家で繰りひろげられたであろう茶番を頭に描いていた。テーブルの周りにはペニールとマタライネン、ブラッドとヴォルディミールが着席し、ロンの手配した用心棒ふたりが後方に控えている。慎重なやりとり。電話。ペニールが持参したアタッシェケースのダイヤル錠が回される。ロックがはずれ――

ロンがいきなり急ブレーキを踏み、ユーズデンは前へつんのめった。シートベルトはしていなかった。フロントガラスに頭をぶつける寸前に、両手を突いて食い止めたものの、握っていた銃が床に滑り落ちた。車は横へスリップし、ガードレールの六、七センチ手前で止まった。ロンが銃めがけて身を躍らせ、握りの部分をとらえかけたが、ユーズデンもすかさず反応し、その手を思いきり踏みつけた。苦痛の叫びがあがる。ユーズデンはロンのうなじの髪をつかんで頭を持ちあげ、鼻に強烈なパンチを見舞った。相手がのけぞった隙に、身をかがめて銃を拾いあげた。

ロンは鼻から血を流していた。口で荒い息をしながら、片方の手で鼻を押さえ、指の痛みをまぎらすべくもう一方の手を振っている。ユーズデンが銃を突きつけると、身を震わせてたじろいだ。「悪かった」あえぎつつ言う。「許せ」

「車からおりろ」

「なんだって？」

「携帯電話と財布をこっちに渡して、車からおりろ」

「いや、空港まで送っていく。そうさせてくれ。こんなところで――」

「おりろ!」ユーズデンは銃口をいっそうロンの顔に近づけた。「さもないといまここで、全人類のために、根性の腐ったきさまの哀れな人生を終わらせてやる」

41

ユーズデンがヴァンター空港に着くころには、夜が訪れようとしていた。駐車場でサーブをおり、ロンの財布を車内に残してロックした。ささやかな時間稼ぎだ。トルマー・アクスデンには黙っておくというロンの約束は、まったく信用していなかった。駐車場脇の植えこみにキーを投げ捨てる。この車をまた使うのは危険すぎた。

　これからどうするかについて、はっきりした考えがあるわけではなかった。まずは、レジャイナ・セレストにどこまで話すかという問題と向き合わなくてはならない。ひと波乱あったことはすぐに見抜かれてしまうだろう。空港のトイレでできるかぎり身ぎれいにしたものの、鏡に映った姿がおのずと語っていた。見るからにげっそりして打ちひしがれ、途方に暮れた人間といった感じだ。

　そのいずれも否定できなかった。どういう尺度で考えてもよく知っているとは言えないペニール・マッセンへの追慕の念が、ユーズデンを動揺させ、気概をくじいていた。彼女の死によって、思い描きはじめたばかりの未来は消えた。それはユーズデンから希望を奪い去った。そして、ペニールの敵《かたき》を討ちたいという衝動が残った。ロンに対して抱いた殺意は、相手がおそらく想像したよりも、そして自分でも思いもよらなかったほど、本気に近かった。車に乗っていたのがロンではなくトルマー・アクスデンだったなら、ユーズデンは引き金を引いていただろう。それは断言できる。そして、銃はまだこの手にあった。

ロンの財布から抜きとったユーロの札束を使って、ユーズデンは空港内の店で暖かいコートを購入した。銃を隠せる大きなポケットがついていて、それを着ると、悪党どもに手荒く扱われたばかりにしては、見られる風采になった。そのあと、レジャイナの到着便の情報を発着案内板でたしかめた。定刻どおりに着くようだ。同時に、それより十五分早く到着する予定のチューリッヒ発の便にも目が留まった。ブラッドがオーソン・ウェルズの鳩時計の話をしていたのを思い出し、指紋の専門家ブルーノはその便に乗ってくるだろうかと考えた。だとしても、出迎える人間はいない。ユーズデンがその役をつとめないかぎり。

チューリッヒからの乗客の最初の一団が到着ロビーに現れたとき、数人のリムジン運転手が名前を記したボードを掲げて待ち受けていた。ユーズデンも、ファストフード店で分けてもらった箱の蓋に〝BRUNO〟と書いたものを持って、そのなかに混じった。

　歩み寄ってきたのは、仕立てのよいツイードの服とヘビ柄のカシミアのスカーフに身を包んだ、短軀で小太りの男だった。きれいに梳かしつけた焦げ茶色の髪に、短めの口ひげ、鼈甲《べっこう》フレームの眼鏡というその風貌は、うぬぼれが強くて小うるさい大学教授を思わせた。

「きみはだれだ」男はイタリア語訛りの英語で尋ねた。

「ブラッドの友人です」

「名前は？」

「マーティー・ヒューイットソン」ユーズデンはそう偽りながら、反射的にマーティーの名前が出てきたことに自分でも驚いていた。

「ブラッドからは何も聞いてないぞ。なぜあいつは来てない？」

「不測の事態が起こりまして」

「予定が変わったなら、連絡をもらえるはずだ」

　ユーズデンは肩をすくめた。「すみません」

　ブルーノは不機嫌に咳払いをして、携帯電話を取り出し、ひと口サイズのソーセージを思わせる人差し指で番号を打ちこんだ。満足いく応答は得られなかったらしい。

リダイヤルしてみるも、結果は同じだった。「何か変だ。ブラッドの電話につながらない」

「ともかく、ブルーノ――」

「スタマティだ。友達にしかブルーノとは呼ばせない。きみとは初対面だ」

「わかりました、ミスター・スタマティ。すみません、ほんとうに。ご承知のとおり、ブラッドはふた組の指紋の照合を望んでいます。ひと組はぼくが持っている。もうひと組を持っているミセス・セレストという女性が、コペンハーゲンからの便でまもなく到着します。それを見てもらいながら、ブラッドからの連絡を待つことにしては?」

スタマティは拒否するかに見えたが、ブラッドへの義理もあって躊躇したようだ。不服そうに口ひげを引きつらせたのちに言った。「そこのカフェで待たせてもらう」――近くにあるコーヒー豆のロゴを指さす――「半時間だけだ」そう言い捨てて、足早に立ち去った。

スタマティを追うのはやめておいた。下手に機嫌をとろうとすると、致命的なぼろが出る恐れがあったし、どのみちそんな余裕もなかった。到着ロビーでそれを考えあぐねている間もなく、コペンハーゲンからの乗客の最初の一団が税関から出てきた。

レジャイナはそのなかにいなかった。巨大なスーツケースを回収してカートで運んでくるのに手間どったらしく、スタマティから与えられた半時間が残りわずか五分となったころ、ようやく現れた。

「意気揚々と出迎えてもらえると思ってたのに、リチャード」レジャイナは言い、ユーズデンの姿をしげしげと見つめた。「いったい何があったの？」

「ストレスの多い日でね」

「そうらしいわね」

「ちょっと気難しい指紋の専門家を近くで待たせてるんだ、レジャイナ。急がないと、帰ってしまうかもしれない」

「専門家なんて必要？　ふた組の指紋が一致するかどうかぐらい、あなたとわたしでじゅうぶん判断できるじゃない。それに、わたしは絶対に合うと確信してるの」

「ぼくもだよ。ただ、せっかくだから、第三者の意見を聞いておいてもいいと思うんだ」

「わかった、わかったわ。ちょっとひと息つかせて。これを押してくれる？」レジャイナはカートのハンドルをユーズデンのほうに向けた。「さあ、その専門家さんのところへ行きましょうか。どこで見つけてきたの？」

「話せば長くなる」

「じゃあせめて、その人に会う前に、あなたの手に入れたものをちらっと見せてもらえない？」

ユーズデンはポケットから封筒を抜きとって、裏面を見せた。ロマノフ家の双頭の鷲に、レジャイナは目を見開いた。

「ああ、どうしよう。どきどきしてきたわ」

〈カフェ・クイック〉の安っぽいパステルカラーの内装は、スタマティの機嫌を少しも和らげなかったようだ。エスプレッソもどきの飲み物をむっつりとにらんでいた彼は、目をあげるなりこう言った。「ブラッドからはまだ電話がないぞ」

ユーズデンはどうにか笑顔をこしらえた。「ミスター・スタマティ、こちらはレジャイナ・セレストです」

「お目にかかれて嬉しいわ、ほんとうに」レジャイナがさえずるように言って、手を差し出した。

スタマティのイタリア人の遺伝子がにわかに顔を覗かせた。立ちあがり、伸ばされた手を両手で包む。「こんばんは《ブォナセーラ》、奥さま《シニョーラ》」

「イタリアのどのあたりのご出身なの、ミスター・スタマティ？」三人でテーブルに着くと、レジャイナは尋ねた。

「スイス寄りのほうです、シニョーラ」

「へえ、そうなの」

「ブラッドとはどういうお知り合いか、お尋ねしても？」

「ブラッドって？」

「共通の知り合いでね」ユーズデンが割りこんだ。「さっそく例のものを見てみませんか？」

「この瞬間を迎えてどきどきしていますのよ、ミスター・スタマティ」レジャイナが熱をこめて言い、ボール紙で補強された四角い茶封筒をハンドバッグから取り出した。

「シニョーラ、どうかブルーノと呼んでください」どうやら南部美人がお気に召したようだ。「ふた組の指紋が一致すると期待されているとか」

「あら、一致するのよ、ブルーノ。それはまちがいないわ」レジャイナは封筒を開いて、テーブルの上に中身をあけた。上部にそれぞれ右手《リヒト・ハント》、左手《リンケ・ハント》と記された、端の黄ばんだ二枚の記録カード。小さな四角い枠内に各々の指紋が押され、その下の大きな枠内に手形が押されている。

　スタマティは、カードのいちばん下にタイプされた詳細に目を凝らした。「チャイコフスキー夫人の指紋。一九三八年七月九日、ハノーファーにて記録。だいぶ昔のものですね。この女性はご存命なんですか？」

「いいえ、残念ながら。二十年以上前に他界しました。でも、ある意味ではわたしたちがこの世に復活させようとしているのよね、リチャード？」

「リ、リ、リチャード？」スタマティは疑わしげにユーズデンをにらんだ。「きみの名前はマーティーじゃなかったかね」

「マーティーというのはあだ名なんです」ユーズデンは言い、テーブルの下でレジャイナの膝をつついた。

「ばかげたあだ名でしょう」レジャイナがにこやかに言い、ユーズデンを愉快そうに横目で見た。「わたしは使わないの」

「これがもうひと組だ」ユーズデンは急いで双頭の鷲の封筒から紙を抜きとり、二枚のカードの隣にそれを並べた。

スタマティはそれを子細に眺めた。「一九〇九年八月四日」とつぶやく。「さらに昔だ」

「彼女が子供のころのものよ」レジャイナの口調は、いま心の目でその少女の姿をとらえているかのようだった。

「それは問題ありません」スタマティが言い、ふたたびカードのほうへ目を移した。

「指紋は、子宮にいるときに独自性を得ます。死ぬまで変わることはありません」

「こえ。そうなんです。さて……」スタマティは非難がましく天井を一瞥した。「こ
「そうなの？」

「ええ。そうなんです。さて……」スタマティは非難がましく天井を一瞥した。「この照明ではどうにも。しかし……」そう言って唯一《トウッタヴィア》の荷物らしきブリーフケースから小さな革製のポーチを取り出し、そのなかの拡大鏡を引っ張りだした。目を細めて指紋を覗きこむ。のろのろと二分が経過した。やがてスタマティはため息をつき、拡大鏡をテーブルに置いた。「ところで、このA・Nというのは？」

「チャイコフスキー夫人の旧姓のイニシャルです」レジャイナが答えた。

「わたしはちがうと思います、シニョーラ」

「どういうことかしら？」

「このふたつの指紋は一致しないということです。降線を細かく分析するまでもありません。一方は蹄状紋《ていじょう》で、もう一方は渦状紋《かじょう》。これらは明らかに、疑いの余地なく、ふたりの別の人物の指紋です」

42

レジャイナは、馬蹄形と渦巻き形のふた組の指紋をみずから拡大鏡で見くらべたすえ、しぶしぶながらスタマティの判定を受け入れた。ユーズデンのほうは、もっとあきらめが早かった。いったん指摘されてみれば、肉眼で見てもそのちがいは明白だった。紙を封筒にもどし、ポケットにしまう。そのあいだ、スタマティはなおもブラッドと連絡をとろうとむなしく電話をかけ、レジャイナは茫然自失のていで虚空を見つめていた。

「あなたをがっかりさせたのなら残念です、シニョーラ」ブラッドとの通話をまたもあきらめたスタマティが言った。「わたしもまったくがっかりです、はるばるここまでやってきた結果がこれではね」ユーズデンをにらみつける。「この……惨憺たる結果に……説明をつけられる人も、その気がある人もいないようだし、わたしは明朝いちばんのチューリッヒ行きの便を予約して、どこなりと空きのある空港ホテルにチェックインすることにしますよ」そしてブリーフケースの蓋を閉め、大儀そうに立ちあがった。「おふたりとも、さようなら《ブオナノッテ》」

「これって、いったいどういうことなの？」スタマティがそそくさと立ち去ったあと、レジャイナが尋ねた。

「アンナ・アンダーソンはアナスタシアじゃなかった」ユーズデンは力なく答えた。

「単純なことだよ」

「でも、彼女はアナスタシアだった。わたしにはわかるの」

「指紋はそうじゃないと言っている」

「何かのまちがいだわ」それはかなり控え目な表現だった。アナスタシアがエカテリンブルクでの処刑を生き延びたことがトルマー・アクスデンの秘密の一部でないなら、ホーカン・ニューダルの手紙は何を示すものだったのか。それになぜ、クレムはそれらといっしょにアナスタシアの指紋を保管していたのか。マーティーはアタッシエケースを最初に調べたときにこの封筒を見つけたはずだ。でなければ、ハノーファーのひと組と照合するべき指紋の存在をシュトラウブが知っていたはずがない。なぜマーティーは指紋のことを話してくれなかったのか。なぜ秘密を隠しておいたのか。死によって中断を余儀なくされたとき、ほんとうはどんなゲームをしていたのか。答えの出ない疑問が果てしなく渦巻き、ユーズデンの心は乱れていた。

「わたしたち、ふたりとも疲れてるみたい」レジャイナがつづけた。「よく休んでから、じっくり考えるべきね。あなたもへとへとって感じよ」

「まさにね」

「ここを出ましょう。あなたはどこに泊まってるの？」

「〈グランド・マリーナ〉」

「わたしは〈カンプ〉を予約したの。ヘルシンキの最高級ホテルらしいわ。こんな一日のあとには、せいぜい快適に過ごさなきゃ。いっしょにタクシーに乗っていかない？　どうやってその指紋を手に入れたのか、詳しく話してくれるはずだったわよね。だったら、ホテルのバーで飲みながらにしましょう」


タクシーでホテルへ向かう最初の一、二キロほどのあいだ、レジャイナは消沈した様子で物思いにふけっていた。やがて唐突に、「全部見通せた気がする」と言って、ユーズデンの前腕をつかんだ。「あれはアナスタシアの指紋じゃないのよ、リチャード。わからない？　グレンシャーはわたしをだましたんだわ」

「よくわからないな」ユーズデンは物憂げに言った。

「ヴェルナーは、わたしがグレンシャーと直談判するって予測してたのよ。それで、偽物をつかませるよう、あの気味の悪い小男に入れ知恵したにちがいないわ。あの指紋が本物だとわたしが信じた根拠は、日付だった。一九三八年七月九日は、アナスタシアが、フランツィスカ・シャンツコウスカの姉たちと兄との対面のために、ハノーファーの警察本部へ出頭した日なの。例によって、彼女が行方不明の妹かどうかについては、兄姉のあいだで意見が分かれていてね。ともかく、警察がそのときにアナスタシアの指紋を採った可能性はじゅうぶんあるわ」

「いまは、指紋が採られたかどうか疑わしいと思っているのかい？」

「いいえ。グレンシャーは本物の指紋をまだ持ってると思ってる。あの男は、ヴェルナーから手付け金を受けとってないと言ったわ。わたしが払った手付け金を。でも考えれば考えるほど、ほんとうは受けとったんじゃないかって気がするの。それが報酬だったのよ、偽の指紋をハンドバッグにしまったほくほく顔のわたしを見送る仕事のね」

「いや、どうかな――」

「でもヴェルナーは、自縄自縛に陥ったわね？　こっちはいまや、一九〇九年の指紋を持ってるんだもの。つまり、好むと好まざるとにかかわらず、あの男はわたしたちと取引しなきゃならないってこと。これは確実に言えるけど、交渉の筆頭項目は、〝ハノーファーの偽造共謀者にわたしが支払った額の弁済〟になるわ――懲罰的な利子付きの」

レジャイナは、アンナ・アンダーソンの指紋がアナスタシアのそれと一致しなかったのは、指紋が偽物だったせいだと信じこんでいた。口に出しこそしなかったけれど、ユーズデンにはそうは思えなかった。シュトラウブはレジャイナの手付け金をマーティーを追い払うのに使ったはずだ。気味が悪いかどうかはさておき、グレンシャーはおそらくまともな売り手だっただろう。指紋に関しては、これで行き詰まってしまった。

真相を探り出す手がかりと、トルマー・アクスデンに反撃する手立ては、どこかほかで見つけなくてはならない。重厚な趣のホテル〈カンプ〉に着くと、レジャイナは、バーでの作戦会議の前に〝少し荷解きをして、空港三つぶんの汚れをシャワーで洗い流す〟ために部屋へ向かった。そしてユーズデンは、一時間は軽く超えそうなその待ち時間を無為に過ごすつもりはなかった。

フロント係はヘルシンキの電話帳を快く貸してくれた。ユーズデンは椅子に腰をおろし、ロンの携帯電話を使って、記載された〝コスキネン〟の番号に片端から電話をかけはじめた。骨の折れる作業だった。コスキネンは珍しい名前ではなかったのだ。それでも、応答のあった十三件目で幸運に恵まれた。

「はい《ヘイ》？」

「オスモ・コスキネンと話したいのですが」

「どちらさまですか」

「あなたはお兄さんですね」

「ええ。ティモ・コスキネンです。そちらは——」ユーズデンは赤いボタンを押して電話を切り、住所を書き留めたのち、フロントにもどった。「ありがとう」と言って電話帳を返し、メモした紙を差し出す。「この場所がどこか教えてもらえますか」

「承知しました」フロント係は市街地図を出して索引を調べ、ほどなく言った。「こちらです。クロサーリ地区になります」明らかにタクシーで行く距離だ。

「ありがとう、助かったよ」

バーのほうへ歩きだしたユーズデンは、ふと立ち止まり、腕時計に目を落とした。まもなく十時だった。マーティーなら〝時間が肝要だ〟というところだろう。それに、レジャイナにどこまで話すかという問題を解決するたしかな方法がひとつあった。ユーズデンは踵を返し、通りに面した出入り口へ向かった。

43

夜の訪れとともに、気温は急激にさがっていた。しんと静まり返ったクロサーリ地区の脇道にたたずむユーズデンを、寒さという見えない敵が取り囲んでいた。タクシーで乗りつけた無個性な集合住宅の玄関先で、パネルに記されたKOSKINENという名前の横のボタンを押したのち、寒さしのぎに足踏みをしつつ応答を待った。

一分余りが過ぎた。そして、インターホンのスピーカーから小さな音がした。男の声がそれにつづく。「はい？《ヘイ》」

「ティモ・コスキネンさん？」

「そうだ《キュッラ》」

「さっきお電話した者です。リチャード・ユーズデンと言います。弟さんはご存じです。彼と話したいのですが」

「ど、どなたです？」

「オスモからぼくのことは聞いてらっしゃるはずです。だから、なかへ入れてもらえませんか。だめなら、警察へ行くほかありません」

重苦しい沈黙があった。「待ってください」

さらに長い沈黙がつづいた。兄弟が不安げに話し合うさまをユーズデンは想像した。やがて、唐突にブザーが鳴り、玄関のロックが解除された。

その部屋は、機能重視でやや垢抜けない、独身者向けの家具付きアパートメントだった。ティモ・コスキネンは、弟をさらにやつれさせ、歳をとらせ、頑固にした感じの男で、用心深そうな、愛想のない顔つきをしていた。そしてオスモ本人は、もの柔らかさの消えた、険しい苦悶の表情を浮かべていた。髪は乱れ、服は皺だらけで、手の震えがいっそう目立つ。だらしなく口を開き、上唇に汗を光らせ、うつろなまなざしに無力感をにじませている。わびしげな居間のコーヒーテーブルにはウォッカのボトルが載っており、そのかたわらに、指の跡で曇ったタンブラーがひとつ置いてあった。

「ぼくに何か言いたいことがあるんじゃないですか、オスモ?」ユーズデンは尋ねた。廊下でコートを脱ぎ、慎重にそれを掛けてから、居間へ足を踏み入れる。ティモがそのあとにつづいた。

オスモは肘掛け椅子の上で身をすくめ、ユーズデンの視線を避けた。

「わたしは……知らなかった……連中が何をするつもりなのか」

「だが、ペニールとぼくが罠にかけられているのは知っていた」

「ああ。でもまさか……人殺しまで？　そんなことは……想像もしなかった……」

「ぼくも死んだと思っていたでしょう？」

頭を少しでもはっきりさせようとするように、オスモは顔をこすった。「そうだ」

「おそらく、それがいちばんだと思っていたでしょう。そうすれば、だれもあなたを追ってはこない。だが、ぼくはここにいる。そして答えを求めている」

「話せることは……何もない」

「あなたにはなんらかの知恵を貸してもらいます。それがかなわないうちは帰りません」

「頼む、リチャード……」オスモは初めてユーズデンを見た。「わかってくれ……あの男は……われわれなど簡単にひねりつぶせるんだ……その気になれば」

「あるいは、だれにも邪魔されなければ。彼は行きすぎた。ぼくは止めるつもりです。それにはあなたの助けが必要なんです」

「わたしには――」

「コーヒーを淹れてきてくれ、オスモ」ティモが割ってはいった。「この人と話そう。そうしなくちゃいけない。おまえもわかっているだろう」

オスモはどうにか立ちあがった。「ティモ、それは……」そこで急にフィンランド語に切り替え、同時に声を落とした。

ティモの答えは、断固としてかぶりを振ることだった。「コーヒーを」と繰り返す。

あきらめたように肩をすくめ、オスモはおぼつかない足どりでキッチンへ向かった。

ティモはその姿を見送り、ソファーに掛けるようユーズデンに身振りで促した。自分はその向かいの肘掛け椅子にすわった。「あいつはほんとうに連中の計画を知らなかったんだ、ミスター・ユーズデン。あえて訊かなかった。質問はいっさいしない──それがミョルニルでうまくやる方法だと本人も言うだろう。エリック・ロンには会ったかね？」

「ええ、会いました」

「オスモはロンからアタッシェケースを受けとった。すでに施錠されたものを。それには無記名債券がはいっているはずだったんだね？」

「そうです」

「オスモはホテル〈グランド・マリーナ〉でミズ・マッセンにそのケースを渡した。そして、彼女と弁護士のマタライネンは車でオスモの家へ向かった。オスモは指示されたとおり、ここへ来た。それから一時間ほどして、警察から電話がかかってきた。

爆発の件を知らせるためだ。その時間、家にだれがいたかを警察は知りたがっていた。オスモはこう答えた。人と会うために家を使わせてもらいたいとミズ・マッセンに頼まれたが、だれと、なんのために会うのかは……聞かなかったと」

「警察はそれを信じたんですか」

「おそらく。それはそうだろう。嘘をついていると考える理由がない。弟は真っ当な人間だ」

「そうでしょうとも。ぼくの会った、トルマー・アクスデンの命に従うすべての人と同じようにね」

「こんなことになって、弟は参っているんだ、ミスター・ユーズデン。それは、自分の家が破壊されたからじゃない。家はミョルニルが補償するはずだ。おそらく、前より大きくて立派なのがあてがわれるだろう。問題はオスモの良心だ。弟は酒で抑えこもうとしている」ティモはウォッカのボトルを顎で示した。「だが、完全に沈めておけるものじゃない」

「それなら、警察へ行って事実を話すべきです」

「いっしょに出頭する気があると？」

「もちろん、そのつもりです」

「とんでもないまちがいだ。そんなことをすれば、トルマー・アクスデンの思うつぼだぞ」

「警察へは行けないよ、リチャード」大きなコーヒープレスとマグ三客を盆に載せて、オスモがよろよろと居間へもどってきた。テーブルに盆を置き、肘掛け椅子に腰をおろす。「あの爆破がアクスデンの仕業だと示すのは、わたしたちのことばだけだ。なんの証拠もない。トルマーではなく、わたしたちが容疑者にされるのが落ちだ。わたしはホテルで姿を見られている。あなたもわたしも、マタライネンの事務所へ行ったのを見られている。あなたは機密保持誓約書に署名した。わたしがそれに立ち合った。ミョルニルではなく、われわれが仕組んだことのように見えてしまう」

「ぼくには、面倒に巻きこまれないための口実のように聞こえますがね」ユーズデンは切り返した。

「わたしがあなたの立場でも同じことを言うだろう」オスモは身を乗り出して、コーヒープレスのプランジャーを押しさげた。「すまないと思っているよ、リチャード。ロンは、あなたに危害は加えないと言っていたんだ。それに、ペニールのことも。彼女の身が危険だなどとは、一瞬たりとも思わなかった」

「ぼくが失踪したことを彼女にどう説明したんです？」

「〈カフェ・エンゲル〉でトイレから出てきたら、いなくなっていたと。ペニールはいろいろ訊きたそうだったが、時間がなかった。マタライネンとすぐにも出発しないといけなかったんだ」

「そんな」ユーズデンはたまらず目をそむけた。ペニールは自分に見捨てられたと思いこんだにちがいなく、それを知らされるのは予想以上に耐えがたかった。

ティモがテーブルの向こうから身を乗り出し、コーヒーを注ぎ分けた。みな、その日の出来事の恐ろしさを思い返し、しばらくだまりこくっていた。やがてオスモが言った。「電話で話したとき、警察はまだ爆発の原因も、死者が何人出たかも把握していなかった。関係者らしき男性を病院に収容したけれど、脳にひどい損傷を負っていて、助かる見こみは薄いと言っていた。それと、爆発が起こったとき通りにいたと思われる男性を捜している、とも。近所の住民の話だと、急いで立ち去ったらしい」

「ぼくです」ユーズデンは沈んだ声で言った。

「わたしなら、飛行機ですぐにイギリスへもどって、ここにはいなかったふりをするね」

「そんなことはできません」

「だが、とどまったところで、いったい何ができる?」

「トルマー・アクスデンに報いを受けさせるんです」

「うまくいくまい」ティモが言い、コーヒーに口をつけた。

「かもしれません。でも、やってみないよりはいい。ずっとましです……あの男に首根っこを押さえられながら生きていくよりは」

兄弟ふたりは、対話するように視線を交わした。ティモが咳払いをする。「何を知りたい？」

「トルマー・アクスデンの秘密です」

「わたしたちは知らない」オスモが言った。「だれも知らないんだ」

「だれも、とは言えない」ティモが訂正した。「アルト・ファレニウスは知っている。それはたしかだ」

「ファレニウス？　サウッコ銀行の頭取の？」

「そう。創業者のパーヴォ・ファレニウスの孫だ」

「ティモは以前、サウッコに勤めていたんだ」オスモが言った。

「そうなんですか？」

「四十二年間だ、ミスター・ユーズデン。十八から六十まで。一九四九年に入社したとき、パーヴォ・ファレニウスはまだ存命だった。大昔の話だ。創業当初からの古参社員も何人かいた」

「創業はいつですか？」

「一八九九年だ。ただ、当時はファレニウス銀行と呼ばれていた。サウッコという名前が使われだしたのは、一九二〇年代になってからだ。〝サウッコ〟は、カワウソのことだ」

「変更の理由は？」

「いっさい説明されなかった。パーヴォは独断専行で有名な男でね。だが、変わったのは名前だけじゃなかった。それを機にあの銀行は急成長したんだ。一九二〇年ごろまではちっぽけな銀行だったのに、いきなり、ユニオン銀行——フィンランドで最も古い株式銀行——と肩を並べるほど大きくなった。資本金がはいった。莫大な資本金だ。そして、パーヴォがどこからそれを手に入れたのか、詳しく知る者はだれもいない。しかし、パーヴォの部下はみな、彼がその金をうまく運用した恩恵を受けていたから……」

「それが例の秘密なんでしょうか。パーヴォ・ファレニウスの金が？」コペンハーゲンのニューダルのアパートメントにあったという、戦前のフィンランド通貨のことをユーズデンは思い出した。「ホーカン・ニューダルという名前に聞き覚えは？」

「ある」ティモは驚いた様子だった。「あるとも。うちの銀行の顧客のひとりだった。非常に特別な顧客だ」

「どう特別なんです？」

「ニューダルの口座は、パーヴォの息子でアルトの父である、頭取のエイノがみずから管理していた。その口座に関することはエイノに一任されていたんだ。ほかにそんな扱いを受けたことのある顧客は……トルマー・アクスデンひとりだ」

「では、なんらかの形で結びついているわけですね。ホーカン・ニューダルと、トルマー・アクスデンと、ファレニウス一族は」

「そうだ」

「つながりはいったいなんでしょう？」

「オスモが言ったように、われわれは知らない。ただ……」

「ただ、なんですか？」

ティモが答える前に、オスモがフィンランド語でさえぎった。兄弟ふたりのあいだで、慌ただしいやりとりがはじまる。ユーズデンにはひとことも解せなかったけれど、すでに幾度も戦わせた議論を繰り返している印象を受けた。やがて、ことばは尽きた。そしてオスモが両手で、譲歩と受けとれるしぐさをした。

「ミスター・ユーズデン、わたしの知り合いに、こういう男がいる」ゆっくりと慎重に、ティモが切り出した。「名前はペッカ・タルグレン。二十年前、ヘルシンキ大学で歴史の講師をしていた彼は、第一次世界大戦前のフィンランドで活動していた革命家に関する本を出そうとしていた。言うまでもなく、レーニンの話が中心だが、ほかにも多くの人物を採りあげていた。その大半はロシア人で、タルグレンはそうした革命家たちとパーヴォとの関係についての情報を求めて、われわれのもとへ──サウッコへ――やってきた。もちろん、パーヴォは何年も前に亡くなっていた。タルグレンは、パーヴォがいくつかの革命家グループに資金提供した証拠を持っていると言い、サウッコにそうした取引の記録があるかどうか尋ねた。われわれはそういう問い合わせがあったと頭取に伝えた。当時アルトが、父親から頭取の地位を引き継いだばかりだった。わたしには……アルトが当惑しているように見えた。そして、タルグレンにはいかなる種類の情報も与えないという通達がくだった。タルグレンは行き詰まったことを察し、質問をするのをやめた」

「本はどうなったんです？」

「出版されることはなかった。何年かたって、サウッコを退職したあと、天文台公園でタルグレンと会った。元気そうとは言いがたかった。われわれに接触してまもなく、版元から出版契約を取り消されたそうだ。そのあと、教えていた女子生徒のひとりが、彼に猥褻行為をされたと訴えた。むろん、本人は否定したが、停職処分になった。タルグレンは酒に溺れはじめた。大学へは二度ともどらなかった。女子生徒はあとになって訴えを取りさげたんだが、結局、彼は解雇された」

「アルト・ファレニウスがすべてを仕組んだんでしょうか」

「あるいはエイノが。頭取の地位をアルトに譲ったあとも、まだ実権を握っていたからな。自分が災難に見舞われだしたのは、ある革命家についてアルトに尋ねた直後だったと、タルグレンは言っていた」

「それはだれですか？」

「名前は思い出せない。だが、タルグレンはまちがいなく覚えているだろう」

「どうしたら連絡が取れるでしょうか」

「わたしはあの男を不憫に思ってね、ミスター・ユーズデン。いくらか金を渡して、まともな住まいを探す手助けをしたんだ。嬉しいことに、彼は酒を断《た》ってくれた。そのあと……仕事を世話した。スオメンリンナを知っているかね？」

「いいえ。なんですか、それは？」

「フィンランド湾にある小群島だ。十八世紀中ごろ、スウェーデン人が東の国境をロシア人から守るべく、スヴェアボリという城塞を建設した。のちにロシアが支配権を握り、その後フィンランド領となった。いまでは観光名所だ。要塞の歴史を学べる博物館もある。そこの仕事をタルグレンに紹介したんだ。彼はいま、スオメンリンナ博物館の学芸員として働いている。そして、島のひとつにあるアパートメントに住んでいる。たぶん……わたしから頼めば……きみと話すだろう。うん、話すと思う」

「では、頼んでください」

「そうしてほしいのはたしかなんだな？」

ユーズデンはうなずいた。「いままで生きてきて、これほどの確信が持てたことはありません」

44

ユーズデンがマーケット広場の浮き桟橋に着くころには真夜中になっていたが、スオメンリンナへ渡るフェリーはもう二、三便あるようだった。寒さはいっそう厳しさを増していた。海氷がきしみ、うなりをあげる。氷点下の静止した冷気のなか、立ちのぼる息が霜と化した。

湾の向こうの海峡から、海面の氷の裂け目を縫ってフェリーが入港してくると、スオメンリンナへ帰宅するらしき数人の乗客が船室に乗りこんだ。ユーズデンは座席につき、窓に映る島民たちの影を見つめた。そのなかには、やつれて目が落ちくぼみ、疲れ切ったおのれの顔もあった。テーブルに置いたロンの携帯電話をゆっくりと回転させながら、ジェマに連絡して話をしようかと考えたが、何を話すべきかも、どこまで話せるかもわからず、結局やめた。

ロンの連絡先リストをあてもなくスクロールする。トルマー・アクスデンの名前があった。そして、アルト・ファレニウスの名も。そのどちらかに――というより、両方に――電話をしたくなった。よしたほうがいいとわかっていたが、いまはこちらが追う立場だということを知らせたかった。彼らはみずから失敗を招いた。こんどは別のことをわからせてやる――因果応報の意味を。

ユーズデンがスオメンリンナの埠頭へおり立つと、城塞の通用門上方の高い塔が、立ちこめた冷たい霧のなかにぼんやりとそびえていた。寒冷地仕様の大きなフード付きのパーカを着こんだ人物がそこで待ち受けていた。「リチャード・ユーズデンかい？」男は声をかけながら、ミトンをはずして手を差し出した。「ペッカ・タルグレンだ」ふたりは握手を交わした。「船旅には寒い夜だね」

「話を聞かせてくださるそうで、感謝します、ミスター・タルグレン」

「ペッカと呼んでくれ、リチャード。いいかな？」

「わかりました」

「きっとこう思っているんだろうな。このいかれた男は、なんだってこんな極寒の島で暮らしているのかって」

「ここで働いているとティモから聞きました」

「そうだ。それでもたまに……アルカトラズ島にいるような気分になる、サンフランシスコ湾のね。ともかく移動しよう。ここは縮みあがるほど寒い。車で来ているんだ」タルグレンは踵を返し、古い小型のフィアットのほうへ先導した。「家はすぐ近くだ。だが、こんな夜にはどんな道のりも長く感じる」

「遅い時間にすみません」

「気にしないでくれ。あまり眠らないたちなんでね」ふたりは車に乗りこんだ。タルグレンはかぶっていたフードを後ろへずらし、肉づきのいいひげ面を露わにした。エンジンをかけ、雪と氷が一面にひろがるなか、薄く砂で覆われた細い路面を走りだす。「ここへ来てから、天文学に興味を持ってね。街の明かりからこれだけ離れると、ほんとうにたくさんの星が見える。むろん、きょうみたいな夜は別だ。わたしの望遠鏡をきみが独り占めすることもないだろう、きっと」

車は隣の島へ至るせまい橋の上を進み、高い石垣を過ぎたところで左へ折れた。

「ここに住んでどれくらいになるんです、ペッカ?」ユーズデンは尋ねた。

「九年だ。ちょっとした流刑じゃないかね？　けど、実のところ、わたしは気に入っている。ここはヘルシンキに近いが、その一部じゃない。そこがいいんだ。記憶とほどよく距離を置いていられる。ティモから全部聞いているんだろう、わたしの……災難については？」

「ええ。聞きました」

「ティモはいろいろと力になってくれた。必要以上に。だから借りがある。きみは運がいい。相手がだれであれ、サウッコの話はめったにしないんだ」

「でしょうね。ありがたいと思っています」

「そう思ってもらっていいのかどうか。知りすぎると……身を滅ぼしかねないことだから」

さらに先の島へ至る二本目の橋を渡り、兵舎群を改装したアパートメントが両脇に並ぶ中庭で、車は停止した。おおかたの窓は真っ暗で、車からおりると、深い静寂がふたりを包んだ。

「わたしの世界へようこそ、リチャード」タルグレンが言った。


アパートメントはせまく、壁という壁を埋めつくす満杯の本棚と、そばの床へあふれ出た本と書類の山のせいで、よけいに窮屈に感じられた。

ミトンとパーカを脱いだタルグレンは、部屋の散らかりようからユーズデンが予想したとおりの風体だった。だらしない服装に、散髪の時機を過ぎた白髪頭の、乱雑きわまる環境に満足した中年の学者。ただし、その男はもはや学者ではなかったが。

「出かける前に、コーヒーを沸かしておいたんだ」ユーズデンがせまい廊下でコートを掛けていると、タルグレンが言った。「飲むかい?」

「いただきます」ユーズデンはむしろ強い酒がほしかったが、むろんそんなことは頼まなかった。

「どうぞキッチンへ。ここがいちばん暖かい」

住人がいないあいだに、コーヒーの香りがキッチンを満たしていた。パンくずの散らばった調理台に、仕事を終えた電気のパーコレーターが載っている。タルグレンはマグを二客つかんで、テーブルの反対側にすわるようユーズデンに身振りで示した。ユーズデンが昼間に見た《ヘルシンギン・サノマット》紙が、商業欄のアクスデンとファレニウスの写真付きの記事を表にしてたたんであった。コーヒーを運んできたタルグレンがそれを脇へどけた。

「ブラックでいいかな？　ミルクを切らしているんだ」

「だいじょうぶです」

「それに、クリームも」タルグレンは新聞を見おろしてうなずいた。「ふたりとも、すべてを手にしたような顔だな」

「彼らと揉めたことを後悔していますか？」

「もちろん」タルグレンは考え深げにコーヒーを口にしたのち、腰をおろして、新聞を元どおりにたたみなおした。アクスデンとファレニウスの顔がおとなしく消える。タルグレンは微笑んだ。「こいつらの顔はいやというほど見た」

「それで何を話して――」

「待った」タルグレンは手をあげて制した。「こうしないか、リチャード。まずはきみが、ここへ来ることになったいきさつをすべて話す。洗いざらいすべて。そして、きみが……あいつらのよこしたスパイのたぐいじゃないと……確信できたら、こちらも知っていることをすべて話す。ティモの口利きがなければ、きみはいまここにすわっていない。彼の顔を立てたまでなんだ。わたしはきみを知らない。信用できる人間だとティモは言っている。いいだろう。だが、肝心なのは互いにそう思えることだ。だから、先にわたしのことを信用してもらう。それでかまわないかな？」

知っていることすべてを他人に打ち明けざるをえなくなって、ユーズデンはいろいろな意味でほっとしていた。タルグレンがコーヒーを飲み、手巻き煙草を立てつづけに何本か吸うあいだ、スオメンリンナにたどり着くまでの出来事を順に話した。双頭の鷲の封筒を取り出し、指紋の押された紙をタルグレンに見せた。マーティーや、クレムや、このめまぐるしい一週間のうちに会った人たち全員のことを話した。何ひとつ隠さなかった。余さずすべてをさらけ出した。

ユーズデンが話し終えると、タルグレンはコーヒーを注ぎ足して、ひとこと言った。「思った以上にひどいな」

45

「リチャード、フィンランドの歴史についてのきみの知識は、平均的な外国人と同じ程度じゃないかと思う。すなわちゼロだ」タルグレンは言った。「だから、なるたけ簡単に説明しよう。スウェーデンは一八〇九年にフィンランドをロシアに割譲したが、皇帝アレクサンドル一世はフィンランド人に自治を認めた。そうしなければ、ひどく厄介なことになると知っていたんだ。フィンランド大公国は、その名のとおり、ロシアの一部でなく、ロシア帝国の一部だった。独自の国政を許されたその地は、第一次世界大戦前の数年間、ボリシェビキやメンシェビキ、無政府主義者《アナーキスト》や虚無主義者《ニヒリスト》といった反帝政派の革命家たちの避難所となり、レーニンの第二の故郷となった。レーニンとスターリンは、一九〇五年にタンペレで開催されたボリシェビキ会議で初の対面を果たしている。

わたしは、その時期にフィンランドで活動していた革命家に関する完全な研究論文を書こうとしていたんだ。心惹かれるテーマだった。危険なテーマでもあるとは考えもしなかった。当時ファレニウス銀行と呼ばれていたサウッコが、そうした革命家たちに資金を融通していたことは、いろいろな文書で言及されていた。そしてアルト・ファレニウスも、祖父が革命家たちに金を貸していたことは快く認めたけれど、それが事実上は返済されない贈与金だったことは否定した。そして、一九〇六年にここスオメンリンナで反帝政派のロシア兵が蜂起したとき、短命に終わったその反乱の参加者たちをパーヴォがかくまったことも否定した。腑に落ちなかったね。証拠は明白だったし、何が問題なのかわからなかった。パーヴォ・ファレニウスが社会主義者のシンパだったというのは、いい宣伝になるとさえ思った。

それからわたしは、状況を複雑にするいくつかの情報に出くわした。当時はグラスノスチのおかげで、ソビエト連邦から多くの新情報が漏れていたんだ。そうした情報から、レーニンがある疑念を抱いていたことが判明した。パーヴォ・ファレニウスは二重スパイで、サンクトペテルブルクの帝政ロシア政府に革命家たちの情報を流しているのではないか、という疑いだ。その真相は？　わからずじまいになった。なぜならそのころ、わたしはカール・ウォンティングという謎の人物とパーヴォとの関係について探りを入れ、アルトを本気で警戒させたからだ。

ウォンティング《Vanting》はデンマーク人で、一八八四年にコペンハーゲンで生まれ、熱心な革命家としてレーニンに仕えるべく、一九〇五年にヘルシンキにやってきた。一九〇六年の蜂起とゼネストの計画にも大きく貢献した。彼は皇帝アレクサンドル三世の非嫡出子で、ゆえにロマノフ家に恨みを抱いていたという説もある。それは事実かもしれない。容貌も似ているとされていた。それに、わたしが調べたところでは、ウォンティングの母親はフリーデンスボーにあったデンマーク王宮のメイドとして働いていたが、一八八三年の十二月に解雇された。カールはその五ヵ月後に生まれている。おそらく妊娠が解雇の理由だったんだろう。皇帝と皇后のダウマーは、デンマークの親類に会うために、毎年夏に子供たちを連れてフリーデンスボーを訪れていた。だから妊娠の時期も合う。カールの母親は一八八五年にウォンティングというコペンハーゲンの小売店主と結婚し、息子は継父の苗字を名乗るようになった。

パーヴォ・ファレニウスの背信行為に対するレーニンの疑念について書かれた同じ資料に、疑わしい共謀者としてウォンティングの名前も挙がっていた。ここから話は怪しくなってくる。ウォンティングは一九〇九年にヘルシンキを離れ、どこへともなく姿を消した。足跡をたどるのは骨が折れたよ。革命運動からすっかり手を引いたウォンティングは、カリブ海のセントトマス島に現れ、デンマーク領だったヴァージン諸島の総督の副官に助手として仕えた。副官の名はホーカン・ニューダル。一九一七年にデンマークがヴァージン諸島の植民地をアメリカ合衆国に売り渡すと、ニューダルは故国《くに》へもどった。ウォンティングは同行せずその地にとどまり、新しいアメリカ人の統治官のもとで働いた。そして一九一八年の春に、ロシア内戦に介入すべく派遣されるアメリカの連隊に志願し、採用された。彼はロシア語が堪能で、通訳が不足していたからだ。

ロシア内戦は、革命直後に起こった白軍と赤軍との――乱暴な言い方をすれば、帝政支持派《ツァーリスト》対ボリシェビキの――衝突だった。独立を目論む旧帝国の一部地域、そして領地獲得と赤軍の勝利阻止をめざすイギリスやフランスやドイツやアメリカの軍隊によって、戦況は複雑化した。各国軍はさらに、可能であれば皇帝を救うという使命も帯びていた。フィンランドは一九一七年の終わりにロシアからの独立を宣言したが、そのあと国内で赤軍が反乱を起こした。ロシアの内戦とは異なり、ドイツから多少の支援を得た白軍が勝利した。完全に終息したのは一九一八年の五月。数千人が死んだ。そして何千人もの赤軍兵士が捕虜になり、この島に収容された。ここスオメンリンナに。要塞は監獄になった。

これがカール・ウォンティングとどう関係するのか？　そう、一九一八年十月のある日、ロシアから小舟を漕いでフィンランド湾を渡ってきたというふたり組が、スオメンリンナに上陸した。ひとりはウォンティングだった。もうひとりは、十代前半の少年だった。ウォンティングはアメリカの連隊での服役経験を隠し、フィンランドで何が起こっていたのか何も知らないと主張した。運悪く収容所長が、かつて反帝政派の革命家だったウォンティングを覚えていた。ウォンティングと少年は——そちらの名前は記録にないが——収監された。

一九一八年のここの状況はひどかった。過密。疫病。飢饉。ウォンティングは最悪の土地に上陸したんだ。しかし、長くはとどまらなかった。数週間後に、パーヴォ・ファレニウスが誓約保証金を支払い、連れの少年ともども解放させたんだ。そして……ふたりは世間から姿を消した。

ここからはさらに話が怪しくなる。ティモが話したと思うが、サウッコ銀行にまつわる最大の謎は、一九二〇年代初期に流入した資本の出所はどこかということだ。だが、きみが探り出した事実が、わたしの仮説の隙間を埋めてくれた。最初にその仮説を立てたときは奇想天外に思えたんだが、いまは……レゴブロックみたいにぴったりはまっている。あれはたしか、デンマークの発明品だったな。〝よく遊べ《ライエ・ゴト》〟が〝レゴ〟の由来だ。よく遊べ《プレイ・ウエル》。たしかに連中はうまくやった《プレイ・ウエル》。

パーヴォ・ファレニウスは二重スパイだった。その点にはほとんど疑問の余地がない。おそらく凄腕だったろう。どちらの側からも全幅の信頼を寄せられていて、ほんとうはどちらの味方だったのかと、いまだに首をかしげるほどのな。パーヴォは一八六九年生まれで、サンクトペテルブルク大学で法律を学んだ。学友のひとりに、ピーター・リヴォヴィッチ・バークがいた。この男も銀行業界へ進み、一九一四年から革命まで、ロシアの大蔵大臣をつとめた。革命後はイギリスへ逃れ、サー・ピーター・バークとなって、イングランド銀行の取締役に就任した。妙じゃないかね？　だが、考えてみてくれ。バークは、死亡したとされる皇帝の財産管理をまかされていた。預金の額やそのありかを知っていた唯一の人物だ。ファレニウスは彼の旧友だった。ふたりがいっしょに写っている大学のボート部の写真や、のちにヘルシンキやサンクトペテルブルクで開かれた銀行関係者の夕食会の写真も見つけた。

　それでいろんなつじつまが合ってくる。一九〇九年八月のカウズで皇女オリガとタチアナを襲い、きみの友人の祖父に阻まれたという暗殺者は、カール・ウォンティングだろう。事件が揉み消されたのは、それが非嫡出の異母弟のしわざだと皇帝ニコライ二世が気づいたからだ。更生させる目的で、ウォンティングはデンマーク領のヴァージン諸島へ追放された。しばらくのあいだは、その策が功を奏したかに見えた。しかし一九一八年に、彼はアメリカの連隊とともにロシアへ渡り――行方をくらます。その後、ついぞ身元の明かされなかった少年を連れて、フィンランドに現れた。わたしが考えるに、その少年はピーダ・アクスデンだ――正確には、のちのがつくがね。ピーター・バークが皇帝の遺産をいくらか使って、少年のデンマークでの新たな人生と、その正体を見破ったとおぼしき人たちの沈黙を買ったんだろう。

　その人たちとはだれだったのか？　ファレニウスは、銀行の名前を変えたことで、われわれにヒントをくれた。〝サウッコ〟。すなわちカワウソ。トルマー・アクスデンは自分の会社に、古代スカンジナビアの神話にちなんだ名前をつけた。ミョルニル。雷神トールの魔法の槌《つち》。トルマーは、事業を起こす資金をくれた男に倣ったんだろう。では、カワウソの神話が意味するところは何か。フィンランドの神話に、トゥオネラという死者の地が出てくる。そこへ赴いた者は決してもどってこられない。ただひとりの例外が英雄ヴァイナモイネンだ。この世との境界をなす川を越えてトゥオネラへ渡り、死者の女神トゥオネタルに迎えられたヴァイナモイネンは、かの地の美酒をふるまわれ、腹いっぱい飲んだ。眠って酔いを覚ましているあいだに、その英雄を永久にとらえて逃がすまじと、トゥオネタルの息子が川に鉄の網を張りめぐらせた。しかし、目を覚ましてそのありさまを見たヴァイナモイネンは、カワウソに姿を変えて川を泳ぎ、網をかいくぐってこの世へ帰還した。

一九一八年のロシアは死者の地だった。ウォンティングの連れの少年は、別人に姿を変えて逃げ延びた。ホーカン・ニューダルが、夭逝した息子の代わりにその少年を引きとってはどうかと実姉を説得し、ユトランド半島での偽の出生記録と養育費を渡した。金の出所は、ピーター・バークが管理する皇帝の秘密の預金口座で、のちにサウッコとなるファレニウス銀行を通して支払われた。パーヴォ・ファレニウスは、その金の一部を自身の懐に入れた。その残りが、のちにミョルニルの起業資金となったわけだ。さらに一部が、ニューダルのコペンハーゲンの自宅の金庫におさまった。彼の家政婦が盗んだマルッカ紙幣は、一九三九年発行のものだったと言ったね？　一九三九年といえば、スターリンがフィンランドを侵攻するのではないかという不安が高まっていた年だ。ファレニウスはおそらく、ソ連に侵略されて動きが取れなくなるのを恐れて、金の大半をニューダルに送ったのだろう。二重スパイだとばれたら、強制労働収容所《グーラーグ》行きは免れないと考えたにちがいない。

現実には、ソ連のフィンランド征服は果たされなかった。ドイツ人がふたたびからんできた。そして、フィンランドの小学生ならだれでも知っているとおり、陸軍元帥マンネルヘイムがわが国を救った。かくして、パーヴォ・ファレニウスは生き長らえた。彼の銀行もだ。没したのは一九五七年。ヒエタニエミ墓地に立派な墓がある。むろん、哀れなピーダ・アクスデンはそれより前に亡くなっていた。娘さんによれば、鎌での事故だとか？　ありうると思うね。鋭い刃は、血友病患者が扱うには危険なものだ。

もうわかったろう、リチャード？　皇帝の預金。ロシアから来た名なしの少年。逃げ延びるための身元の変改。ホーカン・ニューダルの姉は、皇帝の血友病の息子アレクセイだと承知で、その少年を養子にした。突飛すぎると思うか？　しかし、あのころは狂乱の時代だった。皇帝一家に何が起こったのか、正確に知る者はいなかった。

噂、噂、噂だ。だが、たしかなものはひとつもない。ウォンティングは、自分が妹たちを殺しかけた罪滅ぼしにその少年を救ったと話した。ファレニウスはそれを信じただろうか。おそらく。それどころか、ほかの人間にも信じさせられると考えただろう。そうやってバークから金を引き出したのでは？　もっともらしい詐称者が現れたと言って脅すなり、本物のアレクセイだと信じこませるなりして？　そのころ、皇太后のダウマーはまだクリミア半島にいた。その地を離れたのは一九一九年の春になってからだ。ゆえに、バークは皇太后の意見を仰ぐことなく対処せねばならなかった。そして、いったん決めた姿勢は貫かなくてはならなかった。もしバークがウォンティングの話を信じたなら、皇帝の息子が心身を癒せるようデンマークの片田舎に隠棲させ、ソ連が刺客を送りこんでくる危険を考え、生存の事実は――祖母のダウマーにさえも――秘密にしておくのがよいと考えただろう。当人は、自分が何者なのか、あるいはどんな目に遭ったのか、はっきり記憶していなかった可能性もある。本物のアレクセイなら、トラウマとなる経験をしてきたはずだからね。だが、よく考えてみれば、バークはその話をまったく信じていなかったかもしれない。おそらく、ファレニウスに操られた偽のアレクセイがもたらしうる被害を避けるために、要求された金を払ったのだろう。同じことがニューダルにも言える。彼は、西インド諸島にいたころからウォンティングを知っていた。その問題に自分が巻きこまれたことをどう考えていただろう。ニューダルはただ、おばのダウマーの帰国前に問題を隠蔽しようとした、デンマーク王クリスチャン十世の命令に従ったまでなのだろうか。可能性は無限にある。いまとなっては知りようがない。

裏に潜む真実はどうあれ、企てはうまく運んだ。ところがそのころ、アレクセイの姉のアナスタシアを自称する若い女性が、ドイツに出現した。そして、ロマノフ一族の数人を含む、多くの人々がその主張を信じた。もしその女性が正式にアナスタシアだと認められれば、彼女は父の財産の管理権を得て、多額の金がどこへ消えたかを知ることになる。だから妨害された。その手段として、彼女がアナスタシアではありえないと証明する指紋ほど有効なものがあるだろうか？　バークは、ロンドンに来てから各方面の有力者と交友関係を結んでいた。そうした友人たちの力を借りて、一九二五年のある時点――おそらく秋に、クレム・ヒューイットソンに偽の指紋を持たせ、一九〇九年八月に皇帝のヨットの上で採取したものだと主張するよう指示して、コペンハーゲンへ送ったのだと思う。そしてニューダルとともにアンナ・アンダーソンのいるベルリンへ赴かせ、入院中だった彼女の指紋を採らせて、詐称者だと世間に知らしめようとした。

ところが、どこかで計画が狂った。ヒューイットソンはアンナが本物の皇女だと考えはじめ、彼女の遺産相続権を奪うことに抵抗を覚えたのかもしれない。あるいは、隠されたほんとうの事情をニューダルから聞かされたのかもしれない。バークに手を貸したイギリスの権力者たちは、ファレニウスとの取り決めについては知らなかったはずだ。もしヒューイットソンがそれを露見させれば、たいへんな騒ぎになる。しかし、結局はそれも揉み消された。アンナ・アンダーソンに対する指紋の計略は実行されなかったが、バークのほかの裏取引もほとんど追及されずに終わった。バーク自身の管理する、請求者のいないイングランド銀行の皇帝の預金で、あまたの沈黙が買えたわけだ。いずれにしても、アンナ・アンダーソンの主張はついぞ認められなかったね？　連中は、長年かけて彼女を押しつぶしたんだ。

イギリスの警官クレム・ヒューイットソンと、デンマークの廷臣ホーカン・ニューダルはその後、彼らの上官たちよりも互いを信頼するようになったにちがいない。そして、必要となれば自衛手段として使えるよう、起こったことすべてを記録に残そうと決めた。例の手紙はその目的で書かれたものだろう――つまり、保険だ。ニューダルはその手紙の存在を身内にすら明かしていなかったのではないかな。賢いやり方だ。デンマーク語の文書をイギリスで保管する。暗号にも引けをとらない。それらを読むことができれば、ニューダルがピーダ・アクスデンの正体をどう見ていたのかがわかるだろう。もし皇帝の息子でなかったなら、皇帝が子供たちのために預けておいた預金の一部がフィンランドの銀行家に盗まれ、デンマークの実業家がおのれの帝国を築くのに使われたことも明らかになる。トルマー・アクスデン——企業帝国の頂点に立つ皇帝《ツァーリ》。わたしが正しければ、あの男はそれらの手紙をなんとしても破棄する必要があった。そして目的を遂げた。残ったのは、偽の指紋だけだ。それだけではなんの証明にもならない。

残念だよ、リチャード。しかし、これがわたしの結論だ。すべては消し去られるんだ」

46

「そんな横暴を許しておくものか」タルグレンの暗澹たる結論につづく沈黙を破って、ユーズデンは言った。

「勇ましい台詞だな、リチャード」タルグレンが微笑んだ。「かつてわたしも同じことばを口にしたよ」

「だがペッカ、今回のは盗みや詐称どころの話じゃない。人が殺されてるんだ。トルマーの元妻まで。ペニールは力になろうとしていたのに、あんまりだ」

「彼女は考えが甘かった」

「ほかにもっと言いようがありませんか？」

語気を荒くしたユーズデンに、タルグレンは面食らっていた。「すまない。きみは彼女を知っていたんだったね。どんな人だった？」

「勇気のある、立派な人でした」

タルグレンはため息をついた。「ほんとうに悪かった。しかし……連中はこれまでだって冷酷だった。カール・ウォンティングがどんな最期を遂げたかを考えればな」

「何があったんです？」

「一九二五年の大晦日に、射殺死体で発見された。ハカニエミの貸部屋で。当時、その辺りは貧しい地区だった。パーヴォ・ファレニウスからどれだけの金を受けとったにせよ、使い果たしていたにちがいない。そしておそらく、もっとよこせと迫ったんだろう。警察は自殺と断定した。ほんとうに自殺だったかもしれないし、ちがったかもしれない。今晩、テレビのニュースを見た。オスモの家の爆発を捜査している警官がインタビューされていた。ガス漏れの線が濃いと話していたよ」

「爆破の痕跡が見つかるはずです」

「そうだろうか。警察がどのくらい徹底した捜査をするかによるんじゃないかね。たとえそうしたとして、トルマー・アクスデンの関与を示すどんな証拠が出てくると思う？」

「何も」ユーズデンは認めた。

「きみに見せたいものがある」タルグレンは鈍い動作で立ちあがり、励ますようにユーズデンの肩を叩いて、キッチンを出ていった。

ファイル・キャビネットの抽斗があき、書類が掻きまわされる音がした。やがてタルグレンは、ふくらんだファイルを携えてもどってきた。それを注意深くテーブルに置く。表紙には、フェルトペンで〝WANTING〟と記されていた。

「わたしの研究の成果だ。実を結んだとは言いがたいがね」

「これは……さっきのウォンティング《Vanting》のことですか？」

「ああ、綴りのちがいか。そうだ。おそらくドイツ系の名前だろう。WはVと同様に発音されるからね。英語だと、皮肉な冗談のようになるな。彼は多くを欲した《ウォンテッド》。復讐。富。成功。そして、そのいずれも得られなかった」タルグレンはファイルを開いた。「記述はすべてフィンランド語だ。デンマーク語とロシア語の文書もいくらかある。だから、きみが読めるものはひとつもないが、見るべきものはある」そう言って、光沢のあるA5サイズのモノクロ写真を取り出す。粒子が粗く不鮮明だが、どこかの階段をおりてくる大勢の人たちを写したものだ。余白には、〝ヘルシンギン・サノマット、一九五七年四月十一日〟とある。「パーヴォ・ファレニウスの葬儀のあと、ヘルシンキ大聖堂から出てくる会葬者たちだ。この三人をよく見てくれ」

　タルグレンは、階段の最上段近くにいる短軀の中年男性を指さした。ひとりは年上、もうひとりは年下とおぼしき男性ふたりと会話をしているようだ。三人とも黒いコートに身を包んでいる。いちばん若い男は無帽だが、ほかのふたりは黒い中折れ帽をかぶっており、顔の上半分はつばに隠れて見えない。

「エイノ・ファレニウスと、ホーカン・ニューダルと、トルマー・アクスデン。そうなんだ、リチャード。三人揃って撮られた唯一の写真だ。エイノは父親そっくりだったらしい。このころは四十代だった。ニューダルは七十代。そしてアクスデンは……まだ十八だ」

エイノ・ファレニウスは、注文仕立ての上等な服を着た肥満ぎみの実業家で、黒々とした口ひげと、いわくありげな雰囲気をたたえ、ホーカン・ニューダルの肩に手をかけている。ニューダルは痩せ型で、杖で体を支えつつも鉛筆のように背筋を伸ばし、ファレニウスに謎めいた表情を向けている。一方、トルマー・アクスデンは、五十年後に同じ新聞の紙面に載ることになる、がたいがよく押しの強そうな人物とは認識しづらかった。長身ですらりとしていて、皺のない額に少年ぽく髪をひと房垂らしている。顔つきにも翳りや邪気はないものの、交わされている会話に——あるいは目に留まった何かに——集中するように、わずかに眉を寄せてファレニウスを観察している。

「ユトランド半島の畜産農場出のティーンエイジャーが、フィンランドの名だたる銀行家の葬儀で何をしている？　しかも、ただ会葬者に交じっているだけじゃなく、葬儀のあと故人の息子と話をしている。ミョルニルを創業したのも、サウッコと手を結んだのも、このずっとあとだ。一般に知られた経歴によると、トルマー・アクスデンは一九五七年にはまだ、ヘルシンキの銀行家と親しくするどころか、溝にはまった羊を引っ張り出していたことになっている。すると、これはいったいどういうことなのか？　わたしはアルト・ファレニウスに尋ねた。これをどう説明するのかと。あの男はなんと答えたと思う？『あなたのような人間に説明する必要はない』と、笑って言ったんだ。薄ら笑いを浮かべて。あの笑い顔にパンチを食らわせてやればよかったといまは思う。どうせこんな憂き目を見ることになるのならな。わたしのような人間や、リチャード、きみのような人間は、相手にもされないんだ」

「なら、こちらでなんとかします」

「何をするつもりだ？」

いい質問だった。そして、その答えはユーズデンの心のなかで形をなしはじめていた。逃げ出すか、あきらめるか。自分には無関係な、マーティーの愚行としてすべてを忘れるか。そんなことはできない。せめてペニールを殺した者に裁きを受けさせなければ、残りの人生を悔恨に暮れて過ごすことになるだろう。「テープレコーダーをお持ちですか」

「ああ」

「それをお借りしても？」

「もちろん。しかし――」

「アルト・ファレニウスの住まいをご存じですか」

「ああ。カイヴォプイスト公園の近くに屋敷がある。大使館の多い高級な地区だ。アルトの父も祖父もそこに住んでいた。大使館街《イタイネン・プイストティエ》のヴィラ・ノルソンルーと言えばわかる。そこへ行くつもりなのか？」

「トルマー・アクスデンは街を出ていますから、そちらを攻めるしかありません。いずれにしろ、ファレニウスのほうが口を割らせやすそうだ」

「口を割らせる？」

「〝ぼくのような人間〟に説明させるんです。テープに録って」

「そんなことは承諾しないだろう」

「選択肢を与える気はありません。銃器には詳しいですか？」

「まあ、八ヵ月、軍務に服したからね。ライフルの撃ち方を仕込まれた。それと、分解したあとでまた組み立てる方法も」

「それならぼくよりベテランですね。お察しのとおり、銃を持っているんです。オートマチック拳銃を。コートのなかに。使うつもりはありませんが、扱い方を知っているように見せる必要があります。それに、暴発は避けたいですし」

「ファレニウスを銃で脅して自白させる気なのか？」

「そうです」

「気はたしかか？」

「どうでしょう」

「たとえうまくいったとしても……法的な証拠にはならんぞ」

「別にかまいません。ともかく自白を引き出して、それをどう使うかはあとで決めます」

「やはり正気じゃないな」

「いっしょに来てほしいと言ってるんじゃありませんよ、ペッカ。テープレコーダーをぼくに貸して、銃の扱い方を教えてくだされぱいいんです。あとは幸運を祈ってください」

タルグレンの居間のソファーで、ユーズデンは数時間眠った。疲れ果てていたせいか、気絶するように寝入り、夢も見なかった。夜明け前に起きて、オートミールをしぶしぶ腹に入れ、マグ一杯の濃いブラックコーヒーをありがたく口にした。それから、その日のフェリーの第一便に間に合うよう、タルグレンの車で送ってもらった。明け方の凍てついた道を走り、連絡橋をいくつか渡って埠頭へ向かう。タルグレンは結局、銃の仕組みとテープレコーダーの操作方法を懇切丁寧に説明してくれた。そのうえであえて、これは狂気の沙汰だとユーズデンに意見した。賞賛すべきたぐいではあるだろうが、狂気にはちがいないと。

「きみは人生最大のまちがいを犯そうとしているんじゃないだろうか、リチャード」ユーズデンが車をおりるとき、タルグレンは言った。

「そうは思いません」ユーズデンは苦笑いを浮かべて答えた。「もっと大きなまちがいは、何もしないことです」

47

ヴィラ・ノルソンルーのクリーム色の切り妻屋根は、夏には陽光に照り映え、緑の枝々とハトの平和な鳴き声に彩られるのだろう。しかし真冬の早朝には、異なるたたずまいを見せていた。雪が屋根の大部分を覆い隠し、葉のない枝々にかぶさり、庭を白一色に染めている。ユーズデンが垣根越しに見ているハト小屋からも、その奥の屋敷からも、物音や気配はいっさいしなかった。

静寂に包まれ、ひとりその場にたたずみながら、自分のはじめたことはやはり狂気の沙汰なのだろうかとユーズデンは考えはじめていた。通りのかなたに、フランスとイギリスの大使館の上ではためく三色旗《トリコロール》と英国国旗《ユニオンジャック》が見える。不道徳で、破滅的で、無謀に過ぎる企てを実行に移すのに、ここほど不似合いな場所は世界じゅうどこにもないかもしれない。

それに、自分は実際、何をしようとしているのか。ファレニウスがひとり住まいなのかどうか、タルグレンに訊くのを忘れていた。屋敷の大きさからして、たぶんちがうだろう。結婚はしているのか。子供はいるのか。決してあともどりできない一線を越え、平穏な朝を迎えた家庭に押し入り、銃を振りまわして要求に従わせようなどと、自分は本気で考えていたのだろうか。

ヴィラへの玄関口は、鍵のかかった高い門で閉ざされていた。見える範囲に監視カメラはない。むろん屋敷には装備されていて、侵入を試みればすかさず録画されるのだろうけれど。脳裏にあふれる疑問と不安を抑えこみ、行動を起こそうと心を奮い立たせつつ、ユーズデンは垣根の陰に身を潜めていた。上部に鉄柵のめぐらされた背後の壁をよじのぼるか、垣根を突破するか。忍びこむ手立てはそれしかない。やってみなくてはならない。いますぐに。いつまでも躊躇していればそれだけ、見つかる危険が増す。

突如、静けさを破って、物音がした。電動式の扉が開く音だ。ユーズデンは垣根の向こうに目を凝らしたが、何も見えなかった。そのとき、車のエンジンが乾いたうなりをあげた。同時に、金をかけて蝶番を自動化した玄関口の門扉が、作動音とともに開きはじめた。太いタイヤが、砂利の敷かれた雪面を踏む。高さのない、白っぽい金属の塊が、垣根の向こうのどこかで動いている。

ファレニウスは外出しようとしていた。そして、ユーズデンはそれを止めなくてはならなかった。門のほうへ駆け寄りながら、ポケットの銃に手を伸ばす。車道はカーブしていて、屋敷に近いところは門から見えない。車が出てくるのを待ち構えつつ、どうするべきか思案した。やがて、見えてきた。優美な曲線を持つシルバーグレーのベントレーが、コーナーを曲がってくる。運転手の顔はひと目で見てとれた。アルト・ファレニウスだった。

もしここで銃を抜いたら、ファレニウスはどうするだろう、とユーズデンは自問した。止まるか、それとも突っこんでくるか。あの傾斜した着色フロントガラスは、ひょっとすると防弾仕様かもしれない。どちらにとってもより安全な、別の方法があるはずだ。ユーズデンは膝をついて道の真ん中に身を横たえ、進路をふさいだ。ベントレーは門のところで停止した。ファレニウスがクラクションを短く二度鳴らす。ユーズデンはじっとしていた。横たわったその位置から見えるのは、ナンバープレートと、並んだヘッドライト、ラジエーターグリルとその上の特徴的な〝B〟のロゴだけだった。エンジンクーラーの轟きにつづいて、運転席のドアが閉まる音が聞こえた。新聞の写真と同じくピンストライプのスーツに身を包んだアルト・ファレニウスが、磨きあげられた革靴で砂利と氷を踏みしめて近寄ってくる。そしてフィンランド語で、もどかしそうに何か言った。ユーズデンは立ちあがろうともがいてみせた。

「すみません」小さくつぶやく。「足を滑らせてしまって」

「だいじょうぶかい？」ファレニウスは尋ねたが、さほど心配そうではなかった。

「ああ。だいじょうぶ、ありがとう。だが、そっちはどうかな」ユーズデンはポケットから銃を抜き、ファレニウスのみぞおちに銃口を向けた。「言うとおりにしてもらおう」

「なんのつもりだ？」ファレニウスの顔には、驚きと怒りと怯えが同じ割合で表れていた。

「なんだと思う？」

「望みは……金か？」

「ちがう。移動の足。それと、話だ」ファレニウスに銃を向けたまま、ユーズデンはベントレーの助手席のほうへ歩き、ドアをあけた。「乗れ。出発するぞ」

「こんなことはやめろ」

「いや、やめない。乗るんだ。早く」

ファレニウスは息を荒くして車に近づいた。ファレニウスがハンドルの前にすわると、ユーズデンは慎重に助手席に乗りこんだ。ドアが閉まり、朝の冷気を締め出した。

「海岸通りへ行け」

「おまえはだれだ」

「リチャード・ユーズデン」

「……知らない名前だ」

「そうか？　だが、きみの親友のトルマー・アクスデンは、まちがいなく知っている。そして、これから彼の話をしてもらう。車を出せ」


海岸通りの交通量は少なかった。極寒の港の眺めを愛でるために停まっている車は一台もない。雪に覆われた港の景観は、より平坦という点を除けば、道路の反対側のカイヴォプイスト公園と大差がなかった。ファレニウスがベントレーのエンジンを切ると、音のこもる車内は、その浅い息づかいが聞こえるほど静かになった。ファレニウスは、ユーズデンの視線を避けてフロントガラスに顔を向け、白絨毯を敷きつめたような海と、点在する島々の灰色の氷丘を見つめていた。そして唇を湿らせ、かすれた声で尋ねた。「何を知りたいんだ？」

「真実」ユーズデンはダッシュボードの中央にテープレコーダーを置き、スイッチを入れた。「きみ自身のことばで」

「真実というのは……何についての？」

「トルマー・アクスデンときみの関係」

「トルマーはサウッコ銀行の新しい所有者だ。わたしたちは仕事仲間で、友人でもある。それだけだ」

「よく聞け、アルト。これから話してもらう事実を、ぼくはすでに知っている。ただ、きみの口から聞きたいだけだ。記録するために。だから、嘘をつくのはやめておけ。命取りになりかねない。わかったか？」

ファレニウスは息を呑んだ。「わかった」

「よし。では、いくつか質問をする。きみは正直に答えるだけでいい。どうだ？」

「了解だ」

「きみはアルト・ファレニウス、エイノ・ファレニウスの息子で、サウッコ銀行の創業者パーヴォ・ファレニウスの孫だ。そうだね？」

「そうだ」

「パーヴォはどこからあれだけの金を入手したんだ？——一九二〇年代の初めに、だれにも説明のできない巨額の現金が流入しているね」

「祖父は……何人かの大口投資家を引きつけたんだ」

「そのひとりはピーター・バークで、皇帝ニコライ二世に代わって投資していたわけか？」

最悪の恐れが的中して打ちのめされたかのように、ファレニウスは息をつき、がっくりと頭を垂れた。「ああ！　やめてくれ。そのことだけは」

「バークは、皇帝《クリストウス》の預金をサウッコ銀行に注ぎこんだのか？」

「知らない」

「知らない？」

「ほんとうだ。父はすべてを話すほどわたしを信頼していなかった。それにトルマーも、わたしは知らないほうがいいと言いつづけている。皇帝の預金？　そうかもしれない。きみがそうだと言うなら、わかった、肯定しよう。それで満足か？」

「いや」

「だろうな。なら、つづけてくれ。わたしの祖父や、問題のバークや、ホーカン・ニューダルや、カール・ウォンティングのことを訊くんだ。そして、わたしがどう言えばいいか教えてくれ。そうすれば、そのとおりに話す。わたしは幼かったから、そのだれとも会ってはいない。それでも、彼らの亡霊と生きていかざるをえないらしい」

「パーヴォがニューダルを通じてアクスデン家に金を渡したことは知っているはずだ」

「ああ。それは知っている。だが理由は知らない。ほんとうの理由は。トルマーと友人でいるには、彼の問題を穿鑿してはいけないんだ。ボスとなればなおさらだ。トルマーはいまやサウッコの所有者だ。わたしは従業員のひとりでしかない」

「なぜ売却した？」

「その話は、何年も前から計画されていたんだ。わたしが頭取になって以来、実質上、サウッコはトルマーのものになっていた。トルマーは父と取り決めをした。それにはわたしの処遇も含まれていた」

「その取り決めで、きみは何を要求された？」

「ロシアのさまざまな主要企業への投資を支援することだ。トルマーがだれにも知られないうちにロシア市場へ参入できるように」

「いまは知られている」

「最終的に統合されたからな。いずれにせよ、それはトルマーの問題だ。わたしは言われたことをするだけだ」

「なぜ、その台詞ばかり聞かされるんだ？」

ファレニウスは冷ややかな笑みを浮かべた。「トルマーは人を意のままに操るのが得意だからさ」

「きのう、オスモ・コスキネンの家で起こった爆発について何を知っている？」

「ニュースで耳にしたことだけだ。たしか、ガス漏れだとか」

「トルマーの元妻のペニール・マッセンが犠牲者のひとりだったのは知っているだろう？」

「嘘だろう？」ファレニウスは心底動揺した表情を見せた。ほんとうに知らなかったようだ。「ペニールが？」

「そうだ」

「まさかそこまで……」ファレニウスはかぶりを振った。「なんと言ったらいいのか」

「きみは殺人者の仲間になったんだ、アルト。そう聞いてどんな気がする?」

「胸が悪くなる。だが、わかってくれ、わたしは何も知らなかった」

「知りたくなかったからだな」

「ああ、そうさ。否定はしない。それにしたって……」ファレニウスは、訴えるようにユーズデンを見つめた。「きみは相手をまちがえている。わたしを責めるのは筋ちがいだ。問いただすべき人間はトルマーで、わたしじゃない」

「できるものならそうするさ」

「居場所を教えてやる」

「ほんとうに?」

「トルマーは身を隠している。何から隠れていたのか、これでわかった。われわれは長年……いろいろ卑劣な行為に及んできたが……人殺しまでするとは」

「どこに隠れている?」

「パイエンネ湖にうちの所有してるケサモッキ——夏の別荘——があって、そこに籠もっている。トルマーはよくそこへ行くんだ。骨休めに。そして考え事をしに」ファレニウスはユーズデンを味方につけたと思っているようだ。「きみに教えよう……正確な場所を。トルマーはひとりだ。この季節には、ほんとうに人っ子ひとりいない」

「場所の説明は要らない。いまから連れていってくれればいい」

「だめだ。わたしはヘルシンキを離れられない。はずせない用があるんだ。あそこまでは……車で行くと二百キロはある」

「なら、もう出発したほうがいいな」ユーズデンは身を乗り出してテープレコーダーを回収した。「きみの言うとおりだ。これ以上質問しても無駄らしい。告白はトルマーにまかせることにしよう」

パイエンネ湖

48

パイエンネ湖岸の多くの入り江のひとつにある、ファレニウス一族の別荘が見えてきたのは、昼を少し過ぎたころだった。前半の高速道路は快調に走行できたが、ユーズデンはファレニウスに厳しく制限速度を守らせていた。警察の注意を引くわけにはいかなかったからだ。しかし、幹線道路から離れたあとは、雪と氷に減速を強いられた。辺り一帯が森林となった。行き交う車も減っていき、やがて途絶えた。静けさと灰色の光と一面の白に包まれた冬の世界を、一台きりで走り抜けていく。最後の舗装された道路をはずれて凹凸道へはいると、厚く雪をかぶったマツとトウヒの森が、骸骨を思わせるトネリコとカエデの木立へと変わり、その先に、どこまでも平らで艶のない、白く凍った湖面が出現した。そして、雪に覆われた湖畔の平原のそばに、モッキ《モッキ》――簡素な木造の山荘――が見えた。煙突からは煙が立ちのぼり、奥の薪置き場の横にレンジローバーが停まっている。

ファレニウスはレンジローバーの隣に車を停め、エンジンを切った。見るからに気を落とし、疲れ切っている。長い移動のあいだ、ユーズデンがほとんど口を開かなかったので、最悪の事態を想像して、すっかり参ってしまったようだ。

「車の音が聞こえたはずなんだが」ファレニウスはかすれた声で言った。「なぜ出てこない?」

「見にいこう。だがその前に、この車のキーをもらっておく」

ファレニウスはイグニッションからキーを引き抜き、ユーズデンによこした。「われわれをどうするつもりだ?」

「言ったとおりさ。こちらの望みは、すべての真相を記録に残すことだ。きみたちがそれに協力してくれれば、全員、生きてここを出られる」

「わたしは協力しているだろう? それを忘れないでくれ。きみを怒らせているのはトルマーで、わたしじゃない」

「覚えておこう。さあ行くぞ」

ふたりは車からおりた。霧のかかった冷たい空気が、訪れた場所の寂寥感を際立たせている。トルマー・アクスデンは身を隠すのに持ってこいの場所を選んだようだ。よほどの必要性がないかぎり、だれもここまでは探しにこないだろう。

ユーズデンは、身振りで促してファレニウスに先導させた。ゆっくりと山荘の脇をまわり、正面へ向かう。大きな屋根が、厚板張りのベランダまで張り出していた。山荘と湖岸とのあいだに、雪をかぶったボートらしきものがあり、その先の湖に桟橋が突き出ている。戸口へ歩み寄りながら、ファレニウスがアクスデンの名前を呼んだ。返事はなかった。

「なかを見てこい」ユーズデンは言った。

ファレニウスはドアをあけてなかへ足を踏み入れ、ふたたび名前を呼んだ。ユーズデンは戸口に控えていた。ストーブの暖気が漂ってくる。大きなテーブルと何脚かの椅子、ソファー一台と肘掛け椅子数脚が置かれ、ストーブの前にはラグが敷いてあった。右手の空間は、装備の充実したキッチンになっており、戸口からは見えないほかの部屋へ通じるドアがいくつかあった。テーブルには、本と書類とノートパソコンのほか、コーヒーポットとマグも載っている。ファレニウスはポットにふれ、ユーズデンを振り返った。「まだ温かい」

「それほど遠くへは行っていないな。それなら――」

静寂を破って、ベントレーのクラクションが短く二度鳴った。ユーズデンは戸口を離れ、山荘の角へと急いだ。キルティングのパーカに耳覆い付きのキャップという出で立ちの、長身でがたいのいい男が、車の開いたドアのかたわらに立っていた。ドアを閉めた拍子に、ライフルを携えているのが見えたが、男はその場から動かず、ユーズデンに冷ややかな好奇の目を向けた。

「アルトはどこだ？」声は荒々しく、口調は尊大だった。ユーズデンの手にある銃が見えているはずだが、まるで注意を払っていない。

「ここだ」ユーズデンは答え、身を退《ひ》いてファレニウスを通した。

「ここへは来るなと言っただろう、アルト」アクスデンは言った。

「この男に強制されたんだ、トルマー」保護を求めるかのように、ファレニウスは友人のもとへ駆け寄った。「こいつが言うには――」

「自分でしゃべらせろ」

ユーズデンは慎重な足どりでファレニウスにつづいた。アクスデンは凄むこともなく、無造作にライフルを握っている。それでも武器には変わりない。ユーズデンの優位は相殺された。「ぼくがだれだかわかるか、トルマー？」

アクスデンはうなずいた。「わかるとも。おまえがまだ生きているとロンが言っていた。なぜここへ来た？」

「真実を知りたい」

「それは大それた望みだな」

「危険な望みでもあるようだ」

アクスデンはうんざりした失望の表情でファレニウスを見た。「おまえはこの男をここに連れてくるべきじゃなかった、アルト。ばかなことをしてくれたな」

「銃で脅されたんだ」

「こけ脅しだ、ばか野郎。こいつは殺し屋じゃない。そうだろう、ユーズデン？」

「おまえが殺し屋に変えたかもしれない」

「そうは思わんな」

「試してみるか？」ユーズデンはアクスデンを鋭くにらみつけたが、相手の冷たい青い目に、狼狽の色は浮かばなかった。

「その必要があるなら」

「話せばきっと解決できる」ファレニウスが訴えた。

「どうかな。おまえたちふたりが考えているほど事は単純じゃない。尾行されなかったか、アルト？」

「尾行？　いいや。だいじょうぶだ」

「尾行はされていない」ユーズデンは言い切った。その点には自信があったが、アクスデンがだれの話をしているのかが気になった。「警察に追われているのか、トルマー？」

「それはないと思う」アクスデンは顔をゆがめて薄く笑った。「車の下を調べろ、アルト」

「何を調べるんだ？」

「妙なものがないかどうかだ」

ファレニウスはひざまずいて車体の下を覗きこんだ。何かが彼の注意を引いた。さらに低く身をかがめる。「くそっ《クリストウス》、なんだ、あれは？」

「どんなものだ？」

「箱だ……赤いランプが点滅してる」

アクスデンは頭をのけぞらせ、ため息をついた。「なんてことだ《セータンス・オーサ》」

「何が見つかったんだ？」ユーズデンは訊いた。

「おそらく追跡装置だ。きのうのうちに付けられたんだろう。アルト、ちょっと調べるだけで見つけられたんだ。だが、おまえは何もしなかった。そうだな？」アクスデンは木立のほうを怪しむように見やった。「家のなかへはいったほうがいい」

「だれがわたしを追っているんだ？」ファレニウスはそう訊きながら立ちあがった。

「なんの――」

弾丸がファレニウスの背中を直撃した。衝撃でその呼吸が止まる。最初は驚きの、それから軽い苦痛の表情が浮かぶ。膝をつき、ぐらりと体を揺らして、前のめりに地面に倒れた。

「走れ」アクスデンが叫んだ。

身を隠せる山荘をめざして、ユーズデンはすでに走っていた。レンジローバーの車体に弾丸が当たり、鋭い金属音が響く。そして次の一発が、窓のひとつを粉砕した。ユーズデンはベランダにたどり着き、射手の死角にはいった。アクスデンも後ろから突進してくる。発砲はやんだ。

「こうなったのはおまえのせいだ、ユーズデン」アクスデンはあえぎながら言った。「わかっているんだろうな、この……」そこで口をつぐみ、かぶりを振る。「あと二十四時間の辛抱だったのに。それで終わったんだ。たったの二十四時間で」

「なんの話かわからない。撃ってきてるのはだれだ？」

「名前など知っていると思うのか？　相手はハンターで、わたしは獲物だ。あのときアルトが立ちあがらなかったら、やつはわたしを仕留めていた」アクスデンはライフルのボルトを操作し、山荘の角から首を伸ばして一発発砲すると、すばやく身を引っこめた。

「見えるのか？」

「いや。木立に隠れている。いま撃ったのは、これ以上接近させないためだ」

「やつを送りこんだのはだれだ？」

「あのアメリカ人は、オルセンのことを話したか？」

「アメリカ人？　ブラッドのことを言ってるなら、ああ、話していた。オルセンを殺したんだったな？」

「そう。敵はそのことに腹を立てた。信頼していた男を失い、そいつが教えるはずだったわたしの弱みをつかみそこねたからだ。そのうえ、それをわたしがやらせたことだと思いこんだ。それで、わたしの殺害を手配したうえで、交渉に応じるよう脅してきた。賢い戦術だ。われわれは話し合った。わたしがブラッドを殺して誠意を示し、今後の商売上の提携を約束すれば、殺しの契約を取り消してもらえることになった。わたしにとっては願ってもない取り決めだが、ブラッドとその仲間が死んだと敵が確証を得るまでは効力を持たない。わたしはそのときまで、連中の手配した殺し屋に見つからずにいさえすればよかった。もう少しでやりおおせたのに、おまえとアルトが殺し屋をここへ導いたんだ」

「何者なんだ、その――敵というのは？」

「企業主たちだよ、ユーズデン。ロシアの。連中と互角に渡り合ったことで、わたしは尊敬を勝ちとりはじめている。それがどうだ《ポカース・オーサ》、これでもう手遅れになりそうだ」

「おまえがその殺し屋の手にかかろうと、ぼくがかまうと思うか？」

「いや。だが自分のことを気にしたほうがいい。ただここにいるというだけで、おまえも殺されるぞ」アクスデンはキャップを脱いで、目の曇りを晴らすように何度かまばたきすると、山荘の角へもどってまた発砲した。「こんどは少し見えた」もどってくるなり言う。「さっきより距離を縮めたらしい」

「電話で助けを呼ぶか？」

「到着に何時間もかかる。だが、かけてみろ——試しに」アクスデンはパーカから携帯電話を取り出し、ユーズデンに投げてよこした。「番号は112だ」

「つながらない」

「やはりな。妨害電波を発信しているんだ。相手はプロだ、ユーズデン。わからんのか？　われわれに行き場がないのをやつは知っている。車をめがけて駆け出すのを待っている。そのとき、ふたりまとめて仕留める気だ。いったいぜんたい《フォー・グース・スキュル》、なぜここへ来た？　アメリカ人から逃れたとき、なぜ素直に幸運に感謝してイギリスへ帰らなかった？」

「ペニールを殺したおまえをただですますものか。地獄で焼かれるがいい、トルマー」

「おまえとペニールが？」なぜそれに思い及ばなかったかというふうに、アクスデンは眉をひそめた。「察するべきだったな」

「おまえは彼女を殺した」

「あいつが勝手にヘルシンキへ行ったんだ。例の手紙が手にはいると思ったからだ。昔からわたしの秘密を知りたがっていた」

「彼女はミケルのために行ったんだ！」

「だまれ！」アクスデンがつかみかからんばかりに喉に手を伸ばしてきて、ユーズデンはその上背と巨体に一瞬気圧《けお》された。だが即座に銃を持ちあげ、相手の胸に突きつけた。アクスデンは硬直し、半歩あとずさった。「わたしの話を聞け」口もとをこすりながら言う。「あの木立に狙撃手がいるあいだは、協力し合わねばならん。ふたりなら勝機はある。助かる道はそれしかない。生きるか死ぬか、どっちをとる、ユーズデン？　単純な話だ」

49

トルマー・アクスデンの二者択一の質問には、あえて答えるべくもなかった。「協力して何をしようというんだ？」ユーズデンは尋ね、年嵩の男をいぶかしげに見つめた。その心身の強靱さも、ライフルの望遠照準器の十字線にとらえられれば、なんの役にも立たない。しかし、アクスデンの揺るぎない視線と安定した構えには、それを認めようとする気配すら見えなかった。

「わたしがやつを仕留める。いまどれくらい離れている？　百メートルかそこらだろう？　もっと遠くにいるヘラジカを仕留めたことがある。読書には眼鏡が要るが、遠くのものなら……はずしはしない。だが、姿が見えないことにはどうしようもない。はっきり狙いを定めなくては」

「そんなチャンスがあると思うのか？」

「こちらがおびき出さないかぎりは、ないだろう。おまえにやってもらうしかないんだ、相棒。それが唯一の方法だ」

「相棒呼ばわりはやめろ、トルマー」

「あの狙撃手が死ぬまでは、相棒だ。裏切りはしない。生死がかかっているんだぞ、ユーズデン。殺《や》るか、殺《や》られるかだ。おまえがやつを出てこさせろ」

「どうやって？」

「ベランダの向こうの端まで行って、薪置き場のほうへ走るんだ。車二台がおおかた姿をさえぎってくれる。それから、後ろに木立もある。あいつはおまえを撃ってくる。かならずな。しかし、おまえが速く動いていて障害物も多いとなれば、あの距離からは命中させられまい。だが、わたしははずさない。絶対に。やつを倒せる」

「出ていって、的になれというのか？」

「そうだ。おまえのほうが射撃の腕がいいのなら別だが」

ユーズデンは撃たれる確率を懸命に割り出そうとした。アクスデンが言うほどうまくはいかないように思える。とはいえ、ほかに取りうる道がなかった。何もしないという選択肢もない。少なくともそれはたしかだった。

「躊躇している時間はないぞ、ユーズデン。やつはどんどん近づいてきている。撃ち損なう余地がなくなるまで距離を詰めてくるだろう。行動するなら急げ」

ユーズデンはこれから走る山荘の角の辺りを見渡した。アクスデンの言ったとおりだった。無事に走り切れる見こみはありそうだ。けれどもその判断が、殺し屋の手腕と機敏さに左右されることもわかっていた。運を天にまかせるほかない。なんとかやりとげねばならない。ほかに手立てはないのだから。それに、ためらっていればいるほど、成功の望みは薄れていく。ユーズデンは後ろにいるアクスデンを一瞥してうなずいた。アクスデンがうなずき返す。行かなくては。

ユーズデンはベランダから踏み出し、山荘の壁沿いを駆け抜けたのち、頭を低くして、裏手にある薪置き場と隠れ場所めがけて突き進んだ。遠くはない。というより、ほんとうにすぐそこだった。背後から銃声と弾丸のうなりが聞こえた。確実に逃げ切れそうだった。アクスデンはいつ発砲するんだ？　いつ——

前に出した足に弾丸が命中した。つまずくように倒れるさなか、すねに痛みが走る。雪の上に転がり、下半身に目をやると、足首から血が噴き出ていた。また一発、銃声が響いた。遠くで叫び声があがり、すぐにやんだ。ユーズデンは起きあがろうとした。薪置き場の側壁はほんの数十センチ先だ。しかし、傷ついた足首は体重を支えようとしない。たちまち苦痛の悲鳴が漏れる。それは自分でないだれかが発した声のようだった。ふたたび地面に伏し、這って前進した。

「やつを倒した」アクスデンが山荘の向こう側から叫んだ。「たしかめてくるから、おまえはそこにいろ」

ユーズデンは薪置き場の隅にたどり着き、そこに身をもたせかけた。息が切れていた。流れ出る血のせいで、下肢が熱く感じる。雪には血の跡が連なっている。ライフルを体の前で握りしめたアクスデンが、平原を横切って木立へ歩いていくのが見えた。カエデの木のかたわらに、人間がひとり倒れている。アクスデンは、殺し屋を仕留めたのだ。

アクスデンは近づくほどに歩をゆるめ、獲物の二、三メートル手前で立ち止まった。ライフルを構え、しっかりと狙いをつけて発砲する。標的の体が衝撃で跳ねた。アクスデンはそばまで歩み寄り、狙撃手のライフルを足で押しのけたのち、かがんでそれを拾った。

アクスデンはゆっくりとユーズデンのほうへ歩いてきた。一分ほどたったところで、こう叫んだ。「撃たれたのか？」

「ああ」ユーズデンは叫び返した。「足首を」

「気の毒に。歩けないんじゃないか？」アクスデンは一歩ごとに速度を落としていた。「走るのも無理だな」そこで足を止め、自分のライフルを慎重に地面に置いて、狙撃手の銃を両手でつかんだ。

「何をしている？」

「やるべきことをだ、ユーズデン。こうすれば、わたしに殺《や》られる前に、こいつがおまえを殺《や》ったように見える」

「それ以上近づくな」ユーズデンはポケットから銃を抜き、それを構えた。手が震えるのは恐怖のせいか、弱気のせいか――そして、アクスデンにもこの手が見えるだろうかと自問する。

「近づく必要はない。ここからでもおまえを殺せる」

「ライフルを置け、そうしないと撃つ」

「よかろう。撃て。おまえははずす。だが、やるだけやってみるがいい。わたしが正しいことを証明してくれ」

アクスデンは正しい。ユーズデンはそれを知っていた。撃ちはじめたとたん、相手がためらわず撃ち返してくることもわかっていた。だから銃をおろした。「待て」ユーズデンは叫んだ。

「なんのために？」

「おまえの耳に入れたいことがある」

「ほう、そうか。だが、聞くに値しそうなこととは思えんな」

「おまえの弟は、ヘルシンキで何をしている？」

「ラースはヘルシンキにはいない」

「いや、いるんだ。きのう、この目で見た」

「嘘じゃない。ほんとうにいたんだ。マタライネンの事務所まで、コスキネンとぼくをつけてきた。ロンが言ってなかったか？　たしかに話したんだがな。ぼくの考えを話そうか？　おまえはペニールを責めたが、実際はラースが手紙を手に入れようとしていたんだ。弟には秘密を明かしていなかったんだろう？　ともかく、その一端しか。おまえは油断なくそれを隠しとおしている。自分の家族からも。なぜなんだ、トルマー？　なぜ家族を信じようとしない？」

「嘘をつけ」

「ユーズデン、わたしの家族の問題は、おまえに関係ない。それを穿鑿したばかりに、故郷から遠く離れた、こんな雪のなかで死ぬ羽目になっているんだ」

「ぼくを殺せば、大きな過ちを犯すことになる」

「当然、そのわけは教えてもらえるんだろうな」

そうするつもりだった。無理にでも。知っていることと、正確な推測が必要なことをうまくつなぎ合わせるべく、ユーズデンの頭はせわしく回転していた。「おまえはほんとうに、父親が皇帝の息子だったと信じているのか、トルマー？　心の底から？　おそらくそうだろう。ずっとそう信じたかったんだろうと思う。だから、ロシアにビジネス帝国を築こうとしている。自分が本来君臨するはずだった、本物の帝国の代わりに。そうと知れたら、あの国のおまえの新しい友人たちはむっとするだろうな。むろん、すべてでたらめという可能性もあるな？　カール・ウォンティングがシベリアで見つけてきた少年は何者なんだ？　アレクセイとたまたまよく似ていた、血友病の農民か？　すべては、おまえの家族をまるめこんで、ウォンティングとパーヴォ・ファレニウスが——最終的にはおまえが——皇帝の金を横取りするための作り事だったのか？　それとも、おまえの父親は本物の——正真正銘のアレクセイだったのか？　本人がおまえに話したはずだ」

「自分が何を言っているのか、わかっていないようだな」

「いや、話さなかったのか？　それだ。それがおまえの問題なんだ。本人の口からは聞けなかったんだろう。父親が死んだとき、おまえはまだ若かった。おまえの祖父は、何年かあとになるまで、家族の秘密を打ち明けなかった。おそらく、パーヴォ・ファレニウスも死ぬまで待っただろう。言うまでもなく、ウォンティングはとうに死んでいた。だがおまえの祖父は、ふたりに教えられた事実しか——信じこまされた事実しか——知らなかった。それでは確証とは言えない。動かしがたい確証とはな。どっちにも転びうる。だから、おまえが望むなら、ぼくが確証を与えてやろう。それに直面する度胸があるなら」

「おまえが、それを？」アクスデンはそう尋ねて、弱点をさらけ出した。ユーズデンは、防備を突破する道を探りあてたのだ。

「爆発で何もかもが吹き飛んだわけじゃないんだ。ブラッドは、最も高値をつける相手にあとで売るために、ある品を取っておいた。驚くこともないだろう？　浅ましい野郎だったから」

「何を取っておいた？」

「十六年を隔ててクレム・ヒューイットソンが採ったふた組の指紋だ。ひとつ目は、一九〇九年八月にカウズ沖に出た皇帝のヨットの上で採ったもの。ふたつ目は、一九二五年十月にアクスデンホイで採ったものだ。それでようやくはっきりする――おまえの父親が皇帝の息子だったのかどうかが。もしそうなら、ふた組の指紋は一致するはずだ。もしそうでなければ……」

アクスデンはライフルを構えた。「それはどこにある？」

「ひと組は、ぼくのポケットのなかだ。もうひと組はヘルシンキのホテル〈グランド・マリーナ〉の、ぼくだけがあけられる金庫にはいっている」

「おまえが持っているものを見せろ」

ユーズデンは封筒を取り出し、掲げてみせた。「そこからでは紋章が見えないだろうから、トルマー、説明してやろう。ロマノフ家の双頭の鷲だ。もっとよく見たいか？」

「銃を捨てろ」

「いいとも」ユーズデンは七、八メートル離れた雪の上に銃を投げた。「次はどうする？」

「じっとしていろ」

アクスデンはライフルを抱えたまま、ゆっくり歩み寄ってきた。真剣で、注意深い顔つきだ。けれども、まなざしには別の何かが燃えていた。好奇心でもなく、確証に対する望みでもなく、それは執念だった。

アクスデンは一メートルほど進んで急に立ち止まり、ユーズデンにライフルを向けた。双頭の鷲に一瞬目を留め、そして言った。「封筒の中身を見せろ」

ユーズデンは蓋を開いてなかの紙を抜き出し、表を向けてアクスデンに見せた。相手が息を呑んだのがわかった。赤インクで採られた指紋とその下の記述を、アクスデンはじっと見つめた。A.N. 4 viii '09。

「A・N」アクスデンはつぶやいた。「アレクセイ・ニコラエヴィチ」

ライフルの銃口はまだユーズデンに向いていたが、アクスデンは突き出された紙に注意を奪われていた。ユーズデンはこの機に賭けた。実のところそれは、一度きりのチャンスだった。前方へ滑りこみ、尻をついて旋回して、無傷の足を蹴り出す。下から脚を痛撃されたアクスデンは、叫び声をあげて後ろへ倒れた。銃弾が放たれたが、どこにも当たらず空へ飛んだ。アクスデンが仰向けにどさりと倒れるや、ユーズデンは反対方向へ転がって、銃に飛びついた。足首の痛みはもはや感じなかった。銃をつかみ、立ちあがると同時に振り返った。

しかし、アクスデンはすでに上体を起こしていた。目をぎらつかせ、憤怒で口をゆがめている。ライフルがすばやくユーズデンに向けられる。その指が引き金にかかる。ユーズデンは、アクスデンの顔にまっすぐ銃を振り向けた。そして、両者の銃が火を噴き、しじまを切り裂いた。

50

ぼんやりと見つめているうちに、灰色の空はいつしか、ほのかな青色に変わっていた。そして耳の感覚がもどると、ひそやかな風のさざめきと、森の奥から響くカラスの鳴き声が、静寂に取って代わった。数秒とも数分ともつかぬ、ひとときの白昼夢からユーズデンを呼び覚ましたのは、肌を刺す冷気と体の下の雪だった。起きあがろうとしたとたん、右の脇腹が強烈に痛んだ。コートに血がにじんでいる。そのふたつ目の傷がどのくらい重傷なのか、自分では判断がつかなかった。だが、たしかに生きている。少なくとも、それは実感できた。

両肘をついて身を起こすと、数十センチ先に横たわるトルマー・アクスデンの体と、胸に載ったライフルと、その台尻をまだつかんでいる手が見えた。驚きと怒りの入り混じった表情のまま、顔は凍りついている。左の眉の上に、忌まわしいほどきれいな穴があき、頭の下の雪が血に染まっていた。

ユーズデンは、衰弱とめまいと、奇妙な満足感を覚えた。見るものも、感覚も、どこか現実味に欠けていた。これは、脳が仕掛けたなんらかのいかさま——迫りくる死への恐怖を取り除くための防御機構——なのだろうか。それが痛みを和らげることはなかったが、寒さとも危険とも緊張とも無縁の場所からおのれを傍観しているかのように、痛みを切り離してくれた。ふたたび身を横たえ、麗しい空を眺めていたい気持ちになった。

「横になっちゃだめだ、コニングズビー」マーティーが言った。

その声は、背後から聞こえた気がしたが、振り向くとだれもいなかった。それでもたしかに、人がいた気配を感じた。動物が藪へ逃げこんだあとの、葉の震えのような、消え残ったしるしを。

「こうなったのは全部おまえのせいだ」ユーズデンは声に出して言った。「知らないとは言わせないぞ、マーティー」そのことばに恨みはこもっていない。言うなれば、心安さゆえの非難だ。「こんな窮地に陥れてくれて感謝するよ。最後にまたしても」

「横になっちゃだめだ、コニングズビー」

「ぼくを生かして何をさせたいんだ?」

「おれの葬式で、泣かせる悼辞を読んでくれ」

「そのためには葬式に出なきゃならない」

「それが世の習わしだ」

「ああ。そうだな」

ユーズデンは上体を起こそうとした。脇腹に激痛が走る。銃弾がおそらく、肋骨を砕いたのだろう。ほかにどんな損傷を受けたのかは、考える気もしなかった。まちがいなく、立ちあがるのは難しそうだ。電話で救助を求めることもできない。さっき電波を受信しそこねたベランダよりも、ここのほうがもっと妨害器に近い。理屈の上では、ベントレーまで到達できれば、運転して助けを呼びにいくことができる。車のキーはポケットにある。しかし、理屈で考えるのと実行するのとはまったく別のことだ。動くのはまだ無理だと思う一方で、心の別の部分が、ぐずぐずしていては助からないと訴えていた。

ユーズデンは両腕を伸ばした。氷のように冷たい浴槽に飛びこむ気分だ。体が震えはじめる。伸ばした手の近くの、銃のかたわらに、指紋の押された紙が落ちていた。ある人間がこの惑星に存在したことを示す、固有の痕跡。A・N。アナスタシア・ニコラエヴナ。あるいは、アレクセイ・ニコラエヴィチ。「それとも、また別のA・Nなのか、なあ、クレム？」

「おれのことを調べたんだな、若造？　だが、探偵としちゃまだまだだな」

「うまくやったようだね。おかげでぼくはこんな目に遭っている」

ユーズデンは、どうやって負傷もせずに兵卒時代の四年間を生き延びたのかと、かってクレムに尋ねたのを思い出した。そしていま、そのときの答えをふたたび耳にした。「生き残るには、先を読まねばならん。それができなきゃ、一巻の終わりだ」（ここでパイプを一服）「むろん、先読みしすぎても、やはり一巻の終わりだ」（もう一服）「おれの経験では、五分先まで読めていればそれでじゅうぶんだ」

「五分？　わかったよ、クレム。やってみよう」ユーズデンは手もとの紙をつかみ、できるだけていねいに折りたたんで、ズボンのポケットに押しこんだ。銃はその場に放置した。転がって尻をつき、動くほうの足で雪面を蹴りながら、ベントレーのほうへ進みはじめる。震えが激しくなり、呼吸も荒く、苦しくなった。痛みがふくれあがっていく。だが進みつづけた。体が異常に熱くなり、汗が噴き出す。それでも進みつづけた。

車にたどり着くと、ユーズデンはしばしの休息を自分に許した。痛みが少しおさまった。それから、ドアをあけるべく上体を伸ばした。かろうじて手が届く。ドアを大きく引きあけるのは難しそうだ。とてつもない重さに感じられる。車の脇に体をくっつけ、ドアの内側に腕を差しこんで、衰えゆく力を振り絞って押しあけた。乗りこめる程度には開いた。

運転席の柔らかい革の上に顎を載せ、自分とは関係のない難問のように、どうやって体を引きあげるかを考えるあいだに、いくらかの時間が過ぎた。結局、答えは浮かばなかった。試行に二度しくじったあと、十から一まで逆に数え、死に物狂いでハンドルにしがみついて、どうにか体を引きあげた。〝死に物狂い〟の意味を、このとき初めてはっきりと理解した気がした。

負傷した足をあとから持ちあげ、車の外へまた落ちそうになりながら、ドアを引いて閉めた。ヘルシンキからここまで来るあいだに蓄えられた温もりが、羽布団さながらにユーズデンを包んだ。いともたやすく心地よさに屈し、眠りに落ちてしまいそうだ。だが、ここで眠れば、二度と目を覚ますことはないだろう。イグニッションにキーを差しこみ、それをまわした。整備の行き届いたエンジンが、力強く反応する。シフトレバーをドライブに入れ、アクセルをそっと踏みこんだ。車は動きはじめた。徐行で大まわりをしてアルト・ファレニウスの死体をよけ、敷地の外へ出ると、平原を越え、通ってきた轍までもどった。堅く締まった雪の隆起や、ちょっとした起伏がいちいち傷に響き、痛みをもたらした。それでも、ベントレーの振動は穏やかなほうだった。車がちがえばもっとつらかっただろう。この状況を切り抜けられそうな気がしてきた。ユーズデンは、転がる死体と別荘《モッキ》から離れ、森へはいって、ゆっくりと轍をたどった。幹線道路を――そして、生還を――めざして。

ベントレーの走りは安定していたので、ユーズデンはただ進路を保っていればよかった。集中力が鈍り、視界がぼやけはじめる。夕闇が迫っているのだろうか。フロントガラスの向こうの世界は模糊としていて、視野の端には霞がかかっている。曲がりくねった轍が、雪の積もった木々のはざまに伸びている。ユーズデンはアクセルを踏みつづけ、ハンドルを操りつづけた。このまま進めばいい。このまま――

衝撃とともに、車が激しく揺れた。ベントレーは突如、密生した木立へ向かって、短い斜面をくだりはじめた。うっかり轍をそれてしまったにちがいない。ユーズデンはブレーキを強く踏みこんだ。車がスリップして左を向く。その真正面に、たくさんの木々が待ち受けていた。そして、車はまっすぐそこへ突っこんだ。

ユーズデンはシートベルトを締めていなかった。決して高速での衝突ではなかったものの、ハンドルの上に投げ出され、クラクションが鳴りだした。ハンドルに身を預けたまま、つぶれたラジエーターから立ちのぼる蒸気と、ボンネットに降り注ぐ雪と松葉を、他人事のように眺める。

やがて、ユーズデンは身を起こして座席に倒れこんだ。クラクションが鳴りやむ。ショックでうまく呼吸ができない。何か行動を起こすべく、考えをまとめようとしたがうまくいかなかった。どのくらい出血しただろうかと考えた。そして、あとどのくらいで限界に達するのだろうかと。そして、考えるのをやめた。じきにわかることだ。それまでは……

ユーズデンは必死に集中し、ギアをリバースに入れて、アクセルを踏んだ。タイヤは空転するばかりで、雪面をとらえなかった。ベントレーはどこへも進めなくなっていた。そしてユーズデンも。そこでエンジンを切った。

静寂が訪れた。フィンランドで初めて目にした一筋の陽光が、くすんだ白い雪のカーテンを、きらきらしたピンクに変えた。ユーズデンは座席に身を沈め、その美しさを味わった。この瞬間、森はえも言われぬ神々しさに包まれていた。車のなかはもうしばらく暖かいだろう。エンジンはまたいつでもかけられる。

〝人生を変えるチャンスを提供しているのよ〟スウェーデンからのフェリーで、ペニールはそう言っていた。自分のいま置かれた状況が、悲劇というより皮肉のように思えて、ユーズデンは力なく笑った。あのときわかっていればよかった。実のところふたりには、形作る未来も、変えていく未来もなかったのだ。ふたりとも、死への旅路についていたのだから。

「しっかりしろよ、コニングズビー。運転はおれにまかせるべきだったな。昔からおれのほうがうまかったろ。なあ、早いとこ電話で助けを呼んで、おまえのせいではまりこんだこのピンチから救い出してもらおうぜ」

電波妨害器の仕掛けられた車に乗ってきたことは、あえて指摘しなかった。まだ電話はつながるまい。たとえ都合よく妨害器が破損していたとしても、密生した木々がその代役を果たすだろう。ユーズデンはロンの携帯電話をポケットから取り出し、発信ボタンを押した。予想したとおりだった。やはりつながらない。「ごめんよ、マーティー」小さくつぶやく。

ある意味ではほっとした。できることはもう何もない。これで抵抗をやめられる。考えなくていいのだ、五分先のことも。ユーズデンは目を閉じた。そして、忠実な友のごとき暗闇に身をゆだねた。

ユヴァスキュラ

51

四十八時間が、ブラックホールに消えた。記憶の上では存在していたが、ユーズデンが呼び起こすにはあまりに暗く、濃密で、あらゆる意味で不可解だった。生きていること自体が、思い出せる最後の瞬間の予想に反していたからだ。

世界との意義あるかかわりを再開したユーズデンは、まず看護師たちに迎えられ、そのあと担当医師と対面した。穏やかに話すその医師によると、自分は運に恵まれていたらしい。車のなかで意識を失ったものの、そのときの姿勢が幸いして、ハンドルの上に倒れこみ、ふたたびクラクションを鳴り響かせた。その音でユーズデン自身は目を覚まさなかったが、ほかに物音のしない環境ゆえ、五百メートル先で送電線を修理していた技師がそれを聞きつけ、クラクションの音だと気づいた。ユーズデンは、いまいる州都ユヴァスキュラの中央病院に運びこまれ、砕けた足首と折れた肋骨の処置を施され、傷の消毒・縫合と、輸血と、重要臓器の検査を受けた。弾丸は二発とも、体内にとどまっておらず、修復不能な損傷も与えていなかった。そして胸のチューブは、折れた肋骨の一本に起因する、右肺の軽度の気胸を治療するためのもので、心配には及ばないらしい。医師の見立てでは、すみやかにとはいかないけれど、全快するだろうとのことだった。「あなたの体はたいへんな負担を強いられました、ミスター・ユーズデン。ですから、快復にそれなりの時間がかかることはおわかりいただけますね」

つづいて医師は、改まった口調で、警察がユーズデンの容体に関心を寄せていることを告げた。警官がひとり病室の外に控えていて、その上司ができるだけ早い機会にユーズデンと話したがっているという。「わたしの意見では、あなたはもうじゅうぶん質問を受けられる状態ですので、そのことを知らせなくてはなりません」

まだ無理ではないかとユーズデンには思えたけれど、拒否はできないようだった。「駐車場には報道陣がいます」医師は付け加えた。「トルマー・アクスデンが……こうした形で死んだのは……非常に大きなニュースですから」つづけて医師が口にしたことばを、ユーズデンは思わず聞きなおし、それでもなお自分の耳が信じられなかった。それはまったく予想もしていなかった嬉しい驚きで、医師がほんとうだと請け合うまで、何かのまちがいだと決めこんだほどだった。「おかげでミズ・マッセンは来院できずにいるんです。記者やカメラマンが彼女を放っておかないので」

ペニールは死んでいなかった。その名前を出したとたんに、なぜユーズデンがそれほどうろたえたのか、医師には知る由もなかった。「彼女はどうして生きているんです?」という、愚かしくさえ聞こえる質問にも、当然答えられなかった。ペニールが生きているというのは、医師にとってはわかりきった、単純な事実だった。そして、ペニールもアルロース警部と同じくらい、ユーズデンに会いたがっているらしかった。

しかし、先にやってきたのはアルロースのほうだった。本職の刑事らしい疑り深い顔つきをした、髪の黒い痩せ型の男で、まばたきをしないのが特技と見えた。同行してきた大柄な部下は、上司が質問をするあいだ、病室をうろつき、しきりにガムを噛み、窓の外を何度も見やっていた。そしてアルロースには、尋ねるべきことが山ほどあった。

警部は、質問の相手が警戒したり、話をはぐらかしたりすると予想していたかもしれない。自分が殺人の容疑者か重要参考人にちがいないことは、ユーズデンにもはっきりわかっていた。法的助言を得るまでは、黙秘するのがいちばん賢明なのだろうと思った。しかし実際には、ペニールが死んでいなかったと知って気分が高揚していたので、アルロースが知りたがっていることをすべて、おそらく相手が望んだ以上に話した。それでも、多面的な真実の全容を明かしたとは言えなかったけれど。ユーズデンはその見返りに、医師に訊いてもわからなかった質問への答えを求めた。「彼女はどうして生きているんです？」

しつこく尋ねた結果、ユーズデンは一応の説明を得た。「ミズ・マッセンはムンキニエミのあの家には行かなかったんです、ミスター・ユーズデン。ラース・アクスデンが代わりに行ったと本人は話しています。彼は爆発で死にました。ふたりが入れ替わった理由は、ミズ・マッセンに訊いてください」

その機会は二時間後に訪れた。ペニールが病室にはいってきて、入り口で立ち止まった。信じられないという顔で、互いに微笑み合う。ペニールは歩み寄ってくると、ユーズデンの頬にキスをして、ベッド脇の椅子に腰かけた。ストックホルムで初めて会ったときと同じ、黒ずくめの装いだった。その顔には疲れと緊張の色が見えたが――驚くほど生きいきとしていた。

「あなたは逃げ出したんだと思ってた」微笑みをたたえたまま、ペニールは言った。

「ぼくは、きみが死んだと思っていた」

「どちらも思いちがいでよかった」

「警察は、ラースが代わりに行ったと言っていたけど」

「ミヨルニルの内部のだれかが、何が起こっているのかをラースにこっそり教えたらしいの。それがだれなのか、本人は言おうとしなかったし、いまとなっては永久にわからないんじゃないかしら。ラースは、家族の秘密の真相を知るチャンスだと思ったのね。わたし……あなたに見捨てられたと思って……すごく落ちこんでいたから……やめるようにラースを説得する気にもなれなかったの。彼につかまったのは、コスキネンの家に向かう途中だった。わたしは車をおりて、ラースが乗りこんだ。マタライネンは成り行きにまかせるしかなかった。言い争っている時間はなかったから。そしてふたりは車で走り去った――死に向かって。爆発のことを聞かされたとき、トルマーがわたしたちを罠にかけて――その過程で誤って自分の弟を殺したんだとわかった。わたしは、だれにも居所を知られないよう別のホテルへ移って、どうするべきか考えた。結局、警察へ行ったわ。もちろん話は信じてもらえなかった。そうしたら、病院から知らせが来たの。トルマーと、アルト・ファレニウスと、もうひとりの男が死体で発見されて――あなたが入院していると。思いもよらない知らせだったわ」

「敵はトルマーのもとへ殺し屋を送りこんだんだ。その男が誤ってファレニウスを撃った。そのあと、トルマーが殺し屋を撃った。そして……」自分のしたことがどう思われているのかを、ユーズデンはペニールの顔から読みとろうとした。「トルマーとぼくとで撃ち合いになった」

「あなたが死ななくてよかった」

「ミケルはそうは思っていないだろう。どんな様子だい？」

「参ってるわ。父親と叔父をいっぺんに亡くしたんだもの。だから……」ペニールは肩をすくめた。「想像はつくでしょう」

「想像してみるよ」

「エルサにまかせてヘルシンキに残してきたの」

「会いにきてくれてありがとう。いまのミケルと……離れるのはつらかっただろうに」

「何度も経験ずみよ」

「そうだったね。それに、記者連中もかわさなきゃいけなかったようだし」

「それはだいじょうぶ。それより警察のことが心配だわ。彼らは何を知りたがってるの？」

「何もかも。だから洗いざらい話した。きみにもすべて話さないといけないね。パイエンネ湖で起こったことについて」

「いまじゃなくていいわ。ここの先生も、たっぷり休養をとる必要があるっておっしゃってるし。弁護士も必要ね。それはわたしが力になれる」

「ぼくは真実を話しつづけるつもりだよ、ペニール。自分にできるのはそれだけだと思うんだ」

「エリック・ロンが逮捕されたわ」

「よかった」

「それから、気の毒なオスモ・コスキネンも。でも、すぐに釈放されるでしょう。すべてうまくおさまると思うわ。それでも、あなたは弁護士を雇ったほうがいい」

「わかった。きみがそう言うなら」

ふたりのあいだに短い沈黙が流れたが、不思議と気まずさはなかった。やがてペニールが言った。「ヘルシンキで、あなたのアメリカ人のお友達に会ったわ。レジャイナ・セレストという人。ヴェルナー・シュトラウブがあの街に現れたってあなたに伝えるよう頼まれたの」

「あの男は時間を無駄にしている。遅かれ早かれ、それに気づいて帰っていくだろう」

「レジャイナは、そのうちあなたに謝ってもらうとも言ってた」

「謝らなきゃいけない人が大勢いる気がする」

ふたたび訪れたつかの間の沈黙を、こんどはユーズデンが破った。

「ラースのことは残念だよ、ペニール。彼はいい人に見えた」

「そのとおりよ。行かせるべきじゃなかった……わたしの代わりに」

「きみがそうしてくれてよかった」

ペニールはため息交じりに言った。「たやすくはなさそうね……今回のことを乗り越えるのは。ミケルはすごく荒れてる。父親についてわたしが話したことを、あの子は信じてないの。いずれは受け入れることになるでしょうけど。でもそのときは……」

「たぶんぼくが力になれる」ユーズデンは腕を伸ばしてペニールの手を取った。

「お互いに助け合えるわね、たぶん」ペニールは静かに言った。

その夜、ベッドに横たわったユーズデンは、天井の影を見あげ、病院内の物音に耳を傾けながら考えた。自分とペニールはほんとうに生きているのか。それとも、いまはそこにあるように思える、はかなくも希望に満ちた未来は、フィンランドの森で凍死する耐えがたさを和らげるべく脳が描き出した、心休まる妄想にすぎないのか。おそらく後者だろう。だが、心休まるという点では、大いに効き目があった。それに抗ったところで、何も得られるものはない。これが現実か否かは、時がたてばわかる。ユーズデンは目を閉じた。そして、忠実な友のごとき暗闇に身をゆだねた。

カウズ

52

カウズの紺碧の空には雲ひとつなく、清々しい空気は静かで、真昼の太陽は暖かい。九月中旬の水曜日だが、晩夏の光のなかにまだ秋の気配はない。この静けさと暖かさは、海岸遊歩道沿いの突堤のひとつに近づきつつあるモーターボートの乗客にとって、たしかにありがたいものだった。リチャード・ユーズデンとジェマ・コンウェイは、共通の友人で、ジェマにとっては元夫でもあるマーティー・ヒューイットソンの追悼――優しく水音を立てる、穏やかに凪いだソレント海峡の海に遺灰を撒くという最後の共同作業――を終え、船着き場へもどるところだ。

モーターボートの持ち主がふたりを下船させ、彼らの感謝の言葉にうなずいて、ふたたび沖へ出ていく。世界でいちばんマーティーをよく知っていたふたりは、去っていくボートをしばし見送ったのち、ゆっくりと歩きだす。さわやかな海辺の空気を味わうふたりの呼吸には、心からのため息が混ざっている。港を出て加速していく、サウサンプトン行きの〈レッド・ジェット〉フェリーの航跡が、陽光にきらめく。そのフェリーを横目で追うユーズデンも、ほどなくワイト島を離れ、いましがた四十年来の友人に最後の別れを告げた海峡を渡ることになる。

海に背を向けてウォッチハウス・レーンを歩きだしたころ、ボートをおりて以来ふたりのあいだに漂っていた沈黙をジェマが破る。「最後にこうやってお別れできてよかったわ、リチャード。あなたとわたしと、マーティーと三人だけで」

「同感だ。葬儀に出られなかったのが心残りでね。これが……ある意味では埋め合わせになったと思う。それでも……」

「それでも？」

「やはり葬儀には出たかった。悼辞を述べるために。みんなに言いたかった……あいつが好きだったと」

「わたしが代わりに言っておいたわ。あなたが来られる状態じゃないことは、みんなわかってくれてた。バーニー・シャドボルトでさえ」

「ヴィッキーもかい？」

「ええ、そう思う。もちろん、質問攻めにされたけど。わたしには答えられない質問ばかり」

「ぼくにも答えられたかどうか」

「答えられた？　答えてもよかった、じゃなくて？」

ユーズデンは悲しげに笑う。「どっちもあるな」ふたりは突きあたりの大通りに達し、〈ユニオン・イン〉の入り口の前で足を止める。マーティーと昔よく訪れたパブだ。時代はちがえど、クレム・ヒューイットソンもその店の常連だった。「一杯おごらせてくれないか、ジェム？」口をついて出たその愛称は、自分に劣らずジェマをも驚かせたようだ。そう呼んだのは離婚して以来初めてだろうか。彼女もいま、同じことを思っているだろうか。「だめなら……」ジェマに先約があるのは承知している。延びのびになっていたマーティーの散灰は、新学期前のこの時期、ジェマがモニカと過ごすワイト島での休暇の一行事として実行された。モニカは気をきかせて同行を控えたけれど、長くは待っていないだろう。

「わかった」ジェマはぎごちなく微笑む。「軽く一杯だけね」

ふたりはパブにはいり、年月を経てもほとんど変わらない居心地のいいバーへと歩を進める。ユーズデンは、自分が飲むビタービールと、ジェマのためのスプリッツァーを注文する。そして窓際の席にすわり、遺灰壺がはいった鞄を足もとに置いて、マーティーの思い出に乾杯する。

「マーティーが早死にすること、なぜ予想してなかったのかしら」ジェマが言う。「何をやっても長つづきしない人だったでしょう」ふたりは思わず笑う。「ねえ、リチャード、この半年ほど、いままでにないくらい彼が恋しかったわ。何年も離れていたころよりもずっと」

「そのころは、ほんとうに話したいと思えば、話ができたからさ。けど、いまは……」

「できない。もう二度と」ジェマは深く息を吸いこむ。「喩えればこんな感じね。わたしたち三人でボートで川をくだっていたら、マーティーひとりが岸にあがってしまって、進みつづけるあなたとわたしは、振り返って、小さくなっていく彼の姿を見送るの」

ユーズデンはジェマの手をそっと叩く。「ぼくも寂しくなりそうだ」

「彼は自分の人生に……実質以上の意味を持たせたかったのね。だから、クレムが遺した謎をあのアタッシェケースに埋もれさせておかなかったんだと思う。おかげで……上機嫌で旅立てたはずよ」ジェマは椅子の上で体をねじって、ユーズデンの顔を覗きこむ。「フィンランドにお見舞いにいったとき、話してくれたことだけど……」

「それがどうしたんだい？」

「あれはすべて事実なの？」

「きみに嘘はついていないよ、ジェマ。それは断言できる」

「わかってる。でも……」ジェマはハンドバッグ代わりの小さなリュックサックから、折りたたんだ新聞の切り抜きを取り出し、ひろげてテーブルに置く。「これを読んだ？」

ユーズデンは数週間前の《ガーディアン》紙の見出しを見おろす。〝**ロシアの建築業者に発見された遺骨、ロマノフ家の行方不明者の謎をついに解明**〟自分も《ガーディアン》紙を読むので、その記事のことはよく覚えている。八月下旬のある土曜日の朝、チズィックの新聞販売店から出てきて新聞をひろげると、ロマノフ家の面々がこちらをじっと見つめていた。一九一五年に撮られたその写真のなかでは、帝国海軍の制服姿の皇帝と皇太子も、古めかしいドレス姿の皇后と皇女たちもみな、歴史が彼らに用意した運命を予知し、それを憂えるような、厳しく深刻な顔つきをしている。その記事は、週末の散策をしていた地元の建築業者によって、エカテリンブルク近郊の埋葬地から消えたふたつの遺体が発見され、ようやく謎に終止符が打たれたと断定していた。「読んだよ」ユーズデンは静かに言う。

「これで、トルマー・アクスデンの父親は皇帝の息子ではなかったってことになるわね」

「そうかい？」

「そうかいって、あなたはどう思うの？」

「わからない。けど、マーティーが言いそうなことなら話せる」

「じゃあ話して」

「第一に、ＤＮＡ鑑定は世間で言われているほど確実なものじゃない。第二に、《ガーディアン》のモスクワ支局の記者は、見つかっていない遺骨の主はマリア皇女だというロシア人の主張にだまされているが、当時の中立的立場の病理学者は一様に、それがアナスタシアだと認めている。第三に、考古学者チームによる長年の組織的発掘でも発見できなかった遺体を、その男がひと突きしただけで見つけたというが、それはどうも信じがたい。第四に、一九九一年の発掘は明らかに仕組まれた工作だったから、今回のもそうだと考えたほうがいい。第五に、今回のことは、トルマー・アクスデンが死んで数ヵ月のうちに起こっているが、公表されていないその裏事情が、ロシアでその手の工作を企てる連中の耳に届いたということも考えられる。そして第六に、こんな茶番に納得するのは、裏事情をいっさい知らない人間だけだ──要するに、世間の大多数の人たちだが」

ジェマはユーズデンに微笑む。「あなたはそんなふうに言うだろうと思ってた」

「だから、マーティーが言いそうなことだよ。ぼく個人の意見はない」

「お役人の常套句ね」

「もうちがうんだ」ユーズデンはにやりとする。

「なんですって？」

「辞職した。八月の末日付けで」

ジェマは心底驚いているようだ。「からかってるんでしょう」

「いや。辞めたんだ。入館証を返したし、デスクも空にした。きまじめなホワイトホール気質も脱ぎ捨てた」

「どうして？」

「もっといい仕事を紹介されたんだ」

「いい仕事？」

「デンマークの、ウーデネ・アフリカという援助団体で働く。来週から」

「デンマークの？」

「そうだ」

「へえ、それは……」ジェマは不思議そうに首を振りつつ、スプリッツァーに口をつける。「おめでとう」

「ありがとう」

「それって……」ジェマは眉を寄せて考えこむ。「ペニール・マッセンと関係がある？」ユーズデンがあいまいな答えを思いつく前に、ジェマはつづける。「そうなんでしょう？　仕事だけの話じゃないのね」

「かもしれない」ユーズデンは自信なさげに肩をすくめる。「どうなるかな」

ジェマの驚きはすでに、思いがけない喜びに変わっていた。晴れやかに微笑む。

「だったら、うまくいくよう祈ってるわ」

二時間後、ユーズデンはひとり、ファウンテン・アーケードのコーヒーショップでアメリカーノを飲み、波止場の情景を眺めながら、サウサンプトン行きのフェリーを待っている。ジェマとはとうに別れていた。マーティーと自分の生まれ故郷であるこの島に、わが身を引き留めるものはもはや何もない。むろん、たまには姉夫婦とその子供たちに会いにくるだろう。この先どこで暮らそうと、姉たちのほうが訪ねてくるかもしれない。いずれにせよ、つぎにここの土を踏むのはかなり先のことになりそうだ。それだけはたしかに思える。

あけ放された入り口の向こうで、ニューポートからのバスが停まる。そのバスは過去を運んではこない。少年時代の自分が、柔らかな日差しのなかにおり立つことはない。ポケットに両手を突っこみ、近くの柱にもたれて、ガムを噛みながら待っているマーティーの姿もない。そのころの記憶は、手が届きそうなほど間近にある。けれども、決してふれられるほどには近づかない。それもまたたしかだ。

携帯電話のベルが、ユーズデンを現実へと引きもどす。ポケットから電話を取り出し、発信者の名前を見て笑みを浮かべる。

「ペニールかい？」

「こんにちは」

「やあ」

「いまどこなの？」

「ファウンテン埠頭にいる。フェリー待ちでね」

「じゃあ、終わったのね？」

「ああ。終わった」

「うまく……お別れできた？」

「ああ。そう思う」

「よかった」

「あす、きみに会うのが楽しみだ」

「わたしも、あなたに会うのが楽しみ」

「すべて順調かい？」

「問題ないわ。ただ……」

「ただ？」

「ちょっと知らせたいことがあって。急ぎじゃないの。なんなら、あしたにしてもいいんだけど」

「待ちきれそうにないな。なんだい？」

「ミケルがトルマーの遺品を整理していて、あるものを見つけたの。そういうことをする気になってくれて嬉しかったわ。見つけたものをわたしに見せてくれたことも、喜んでいいわよね」

「それで、見つけたものって？」

「電報よ。とても古い電報。トルマーの書斎の机の、鍵のかかった抽斗にはいっていたの。ヘルシンキのパーヴォ・ファァレニウス宛に、ロシアのどこかから送られてる。地名はロシア文字だから読めなくて。でも、メッセージと送り主の名前は英語よ。日付は一九一八年九月二十五日。ファァレニウスがトルマーに渡したんだと思うわ……ある種の証拠として。もっとも、現実にはなんの証明にもならないけれど」

「送り主はカール・ウォンティングだね？」ほかの人物ではありえないと承知しながら、ユーズデンは尋ねる。

「ええ。そうよ」

「メッセージは？」

「ひとことだけ。それと送り主の名前。〝見つけた《ファウンド》。ウォンティング〟」

著者注

この小説に記した、ロシア皇帝ニコライ二世と、その妻と子供たちの最期にまつわる広く認められた事実に、いっさい不正確な点はない。彼らの娘、アナスタシア皇女だとのちに主張した女性の生涯についても、それは同様である。《アイル・オブ・ワイト・カウンティー・プレス》紙の保管資料を調べてみたいかたは、一九〇九年八月のロシア皇帝一家のカウズ訪問を伝える当時の記事をご覧になれるはずだ。一九一八年七月十七日の未明、エカテリンブルクのイパチェフ館で実際に何が起こったのかに関して、確実に言えるのは、事の顚末をたしかに知っていると自負する人々は、その実態を真剣に探ろうとはしなかったにちがいないということだ。

そろそろこの主題に取り組んではどうかというアンドリュー・ロバーツの勧めがなければ、この小説は生み出されなかった。構想を練り、執筆するあいだ、惜しみなく助言を与えてくれた、わたしの親友のスーザン・ムーディーとジョン・ドナルドソン、彼らの親友のアイヴァー・テスドルプ、そして、頼もしいデンマーク語の翻訳者クラウス・ベック（皇帝アレクサンドル三世の杖にまつわる彼の家族の秘密を、わたしは守ると誓った）にはたいへん感謝している。彼らのおかげで、取材旅行は実り多いばかりでなく、非常に楽しいものになった。乾杯《スコール》！

訳者あとがき

外務省職員のリチャード・ユーズデンは、二月のある朝、出勤途中に元妻のジェマにつかまり、病に冒された共通の友人マーティー・ヒューイットソンのもとへ、彼の祖父の形見であるアタッシェケースを届けてもらいたいと頼まれる。ユーズデンはしぶしぶ承諾し、その足でロンドンを発つが、目的地のベルギーで彼を待ち受けていたのはマーティーではなかった。代理人と称する怪しげな男に導かれ、ユーズデンはドイツへ向けてさらに旅をつづけることに。

アタッシェケースの中身は、デンマークの大物事業家トルマー・アクスデンとその家族の暗い秘密に関係するものらしく、それを力ずくでせしめようとする人間たちとの苛烈な争奪戦にユーズデンは巻きこまれていく。そして、その秘密はいまや、より大きな謎——ロマノフ王家の生き残り、皇女アナスタシアの謎——をもたぐり寄せようとしていた……

ロバート・ゴダード二十作目の長編『封印された系譜』は、主人公のユーズデンがイギリスから北欧へと移動しながら歴史がらみの謎を解き明かそうとする〝紀行ミステリー〟である。

主人公が作中で訪れる場所を、目次代わりにここでご紹介すると――

イギリス（ロンドン）↓ベルギー（ブリュッセル）↓ドイツ（ケルン、ハンブルク）↓デンマーク（オーフス、コペンハーゲン、ロスキレ）↓スウェーデン（ストックホルム）↓バルト海↓フィンランド（ヘルシンキ、スオメンリンナ、パイエンネ湖、ユヴァスキュラ）

――といった具合で、北欧を舞台にしたミステリーは数あれど、ここまで転々と各地を駆けめぐった主人公はほかにいないだろう。ゆえあって移動手段はほとんど列車という設定で、車窓を流れる景色や乗降駅のたたずまい、到着した各都市の観光名所が旅情をそそる。視点人物の心情と風景を巧みにシンクロさせるゴダードの筆にかかると、真冬のスカンジナビアの美しい景観も、場面ごとに多彩な色合いをまとって見える。また、外国人である主人公に現地の人々が語る、ロシアとの関係も含めた北欧諸国の歴史や土地柄にまつわる話は、わたしたち日本人にとっても馴染みが薄いだけにとても新鮮だ。

さらに、主人公が少年時代を過ごしたイングランド南部のリゾート地、ワイト島の情景も回想シーンでたびたび描写され、厳寒期の物語にさわやかな暖かみを添えている。作者は今回も、一九〇九年にニコライ皇帝一家がワイト島へレガッタ見物に訪れたという史実を大胆にプロットに織りこんでいるので、そのあたりも併せてお楽しみいただけると思う。

ところで、ゴダードは男同士の淡泊ながらも固い友情を描くのも得意としている。本作のメイン・キャラクター、リチャードとマーティーは少年時代からの親友で、ともにケンブリッジ大学へ進んだ秀才だが、リチャードのほうは努力型で優柔不断な厭世家、マーティーは天才肌で豪放磊落な楽天家というふうに、性格は正反対だ。しかもふたりは、ジェマという大学時代のマドンナとそれぞれ結婚・離婚を経験しており、五十歳近くなったいまも独り身でいる。疎遠になっていたこのふたりをジェマが再会させたことから、物語は動きはじめる。

人生をどこか諦観していたリチャードは、命にかかわる病に冒された身で一世一代の探求をなしとげようとするマーティーの情熱にほだされ、その身勝手さに幾度か愛想を尽かしかけながらも、冒険に付き合いつづける。過去にいろいろあったふたりの遠慮のないやりとりには、渋いロードムービーを観ているようなほろ苦さと可笑しさがある。『還らざる日々』(講談社文庫)の〝ハリーとバリー〟コンビがお好きなかたなら、この雰囲気を気に入っていただけるのではないだろうか。

とはいえ、リチャードとマーティーの行く手には穏やかならぬ陰謀のにおいが立ちこめている。その大本と言えるのが、北欧市場を席巻しつつある巨大複合企業のボス、トルマー・アクスデンである。メディアへの露出が極端に少なく、水面下での商略によって事業を拡大してきたことから〝姿なき男〟の異名をとる人物だ。作中でも本人はなかなか姿を見せず、彼を取り巻く人々や身内の話から、その特異な人間性が浮き彫りになっていく。デンマーク生まれのこの男がひた隠しにしてきた秘密と、帝政ロシア最後の皇帝ニコライ二世一家の運命とがいったいどう結びつくのかが、本作の最大の読みどころとなっている。

ロマノフ王朝終焉の謎と言えば、一九一八年の皇帝一家虐殺を生き延びた皇女アナスタシアであると自称した女性、アンナ・アンダーソンをめぐる裁判やＤＮＡ鑑定など、二十世紀を通して数々の話題を呼んだ興味深い題材だ。その女性が本物の皇女であったか否かについては、いまもって論争の決着を見ておらず、それ自体が謎のままである。本作『封印された系譜』は、言わばマトリョーシカのように、ミステリー小説のなかに魅惑的なミステリーを内包しているのだ。ゴダード自身も、歴史学者のアンドリュー・ロバーツの勧めでようやく扱う気になったというこの素材。どんなふうに料理されたのか、ぜひお手に取ってたしかめていただきたい。

最後に、本作を読んで興味をお持ちになったかたのために、皇女アナスタシアをテーマとした関連書籍を挙げておく。『アナスタシア――消えた皇女』（角川文庫）は、アンナ・アンダーソン本人が信頼して執筆をまかせたという伝記作家ジェイムズ・B・ラヴェルの著書で、量・質ともに読み応えじゅうぶんの大作である。より簡潔にまとめられたものとしては、柘植久慶氏による『皇女アナスタシアの真実』（小学館文庫）もお薦めだ。残念ながら、いずれも新品は入手困難のようだが、図書館や古書店を利用して一読されてみてはいかがだろうか。

二〇一一年四月

北田絵里子

|著者| ロバート・ゴダード　1954年英国ハンプシャー生まれ。ケンブリッジ大学で歴史を学ぶ。公務員生活を経て、'86年のデビュー作『千尋の闇』が絶賛され、以後、現在と過去の謎を巧みに織りまぜ、心に響く愛と裏切りの物語を次々と世に問うベストセラー作家に。他の著書に『秘められた伝言』『悠久の窓』『最期の喝采』『眩惑されて』『還らざる日々』『遠き面影』（すべて講談社文庫）など。

|訳者| 北田絵里子　1969年生まれ。関西学院大学文学部卒業。英米文学翻訳家。主な訳書は『ソングライン』『フージーズ』（ともに英治出版刊）、『遠き面影』（講談社文庫）。

封印《ふういん》された系譜《けいふ》(下)

ロバート・ゴダード | 北田絵里子《きただえりこ》 訳

講談社文庫
定価はカバーに
表示してあります

2011年4月15日第1刷発行

発行者――鈴木　哲
発行所――株式会社　講談社
東京都文京区音羽2-12-21　〒112-8001
電話　出版部（03）5395-3510
　　　販売部（03）5395-5817
　　　業務部（03）5395-3615

デザイン―菊地信義
本文データ制作―講談社プリプレス管理部
印刷―――豊国印刷株式会社
製本―――株式会社大進堂

Printed in Japan

ISBN978-4-06-276927-3

講談社文庫刊行の辞

二十一世紀の到来を目睫に望みながら、われわれはいま、人類史上かつて例を見ない巨大な転換期をむかえようとしている。

世界も、日本も、激動の予兆に対する期待とおののきを内に蔵して、未知の時代に歩み入ろうとしている。このときにあたり、創業の人野間清治の「ナショナル・エデュケイター」への志を現代に甦らせようと意図して、われわれはここに古今の文芸作品はいうまでもなく、ひろく人文・社会・自然の諸科学から東西の名著を網羅する、新しい綜合文庫の発刊を決意した。

激動の転換期はまた断絶の時代である。われわれは戦後二十五年間の出版文化のありかたへの深い反省をこめて、この断絶の時代にあえて人間的な持続を求めようとする。いたずらに浮薄な商業主義のあだ花を追い求めることなく、長期にわたって良書に生命をあたえようとつとめるところにしか、今後の出版文化の真の繁栄はあり得ないと信じるからである。

同時にわれわれはこの綜合文庫の刊行を通じて、人文・社会・自然の諸科学が、結局人間の学にほかならないことを立証しようと願っている。かつて知識とは、「汝自身を知る」ことにつきていた。現代社会の瑣末な情報の氾濫のなかから、力強い知識の源泉を掘り起し、技術文明のただなかに、生きた人間の姿を復活させること。それこそわれわれの切なる希求である。

われわれは権威に盲従せず、俗流に媚びることなく、渾然一体となって日本の「草の根」をかたちづくる若く新しい世代の人々に、心をこめてこの新しい綜合文庫をおくり届けたい。それは知識の泉であるとともに感受性のふるさとであり、もっとも有機的に組織され、社会に開かれた万人のための大学をめざしている。大方の支援と協力を衷心より切望してやまない。

一九七一年七月

野間省一